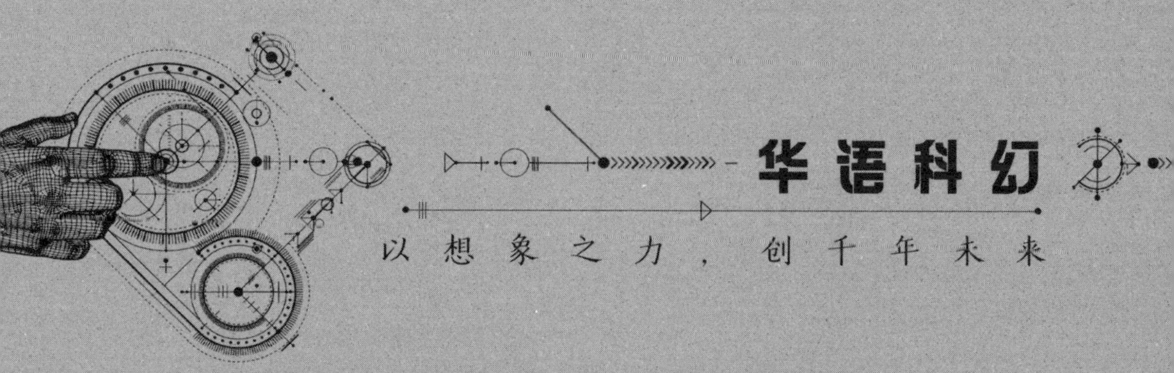
华语科幻
以想象之力，创千年未来

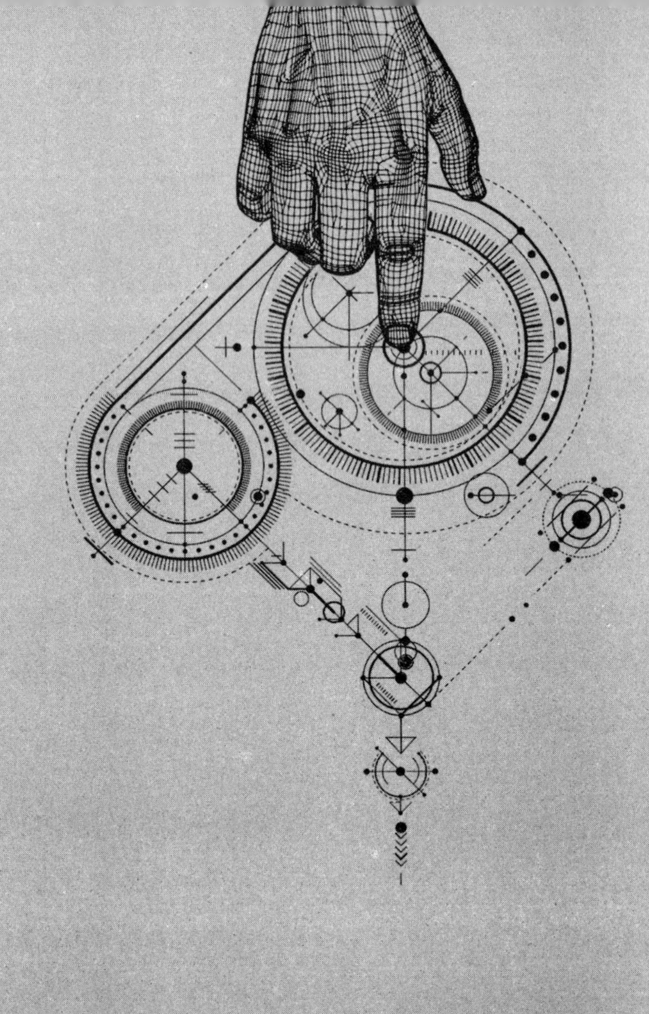

金涛科幻精品系列

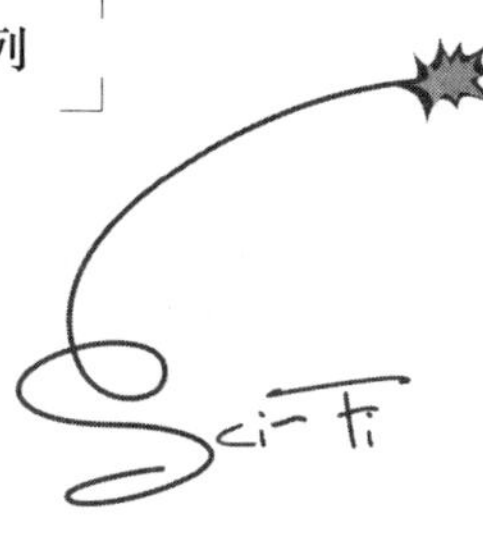

马小哈奇遇记

金 涛——著

科学普及出版社
·北 京·

图书在版编目（CIP）数据

金涛科幻精品系列 . 马小哈奇遇记 / 金涛著 . -- 北京 : 科学普及出版社 , 2024.1
（百年科幻）
ISBN 978-7-110-10618-1

Ⅰ . ①金⋯ Ⅱ . ①金⋯ Ⅲ . ①幻想小说－小说集－中国－当代 Ⅳ . ① I247.7

中国国家版本馆 CIP 数据核字（2023）第 084611 号

策划编辑 曹 璐 王卫英
责任编辑 王卫英
封面设计 书香文雅
正文设计 书香文雅
责任校对 吕传新 张晓莉
责任印制 徐 飞

出　　版 科学普及出版社
发　　行 中国科学技术出版社有限公司发行部
地　　址 北京市海淀区中关村南大街 16 号
邮　　编 100081
发行电话 010-62173865
传　　真 010-62173081
网　　址 http://www.cspbooks.com.cn

开　　本 720mm × 1000mm 1/16
字　　数 819 千字
印　　张 57
版　　次 2024 年 1 月第 1 版
印　　次 2024 年 1 月第 1 次印刷
印　　刷 天津泰宇印务有限公司
书　　号 ISBN 978-7-110-10618-1 / I · 665
定　　价 180.00 元（全 6 册）

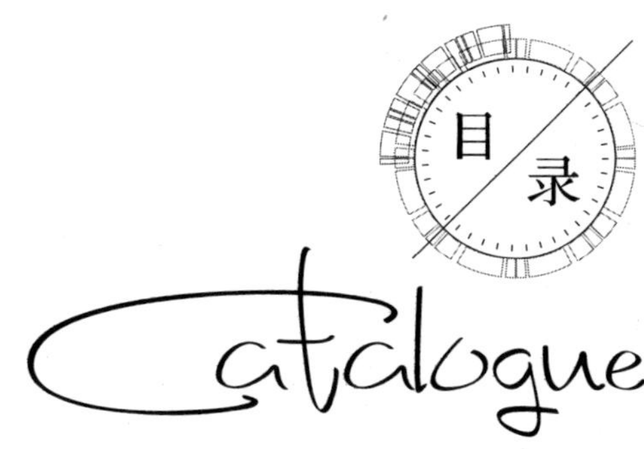
目
录
Catalogue

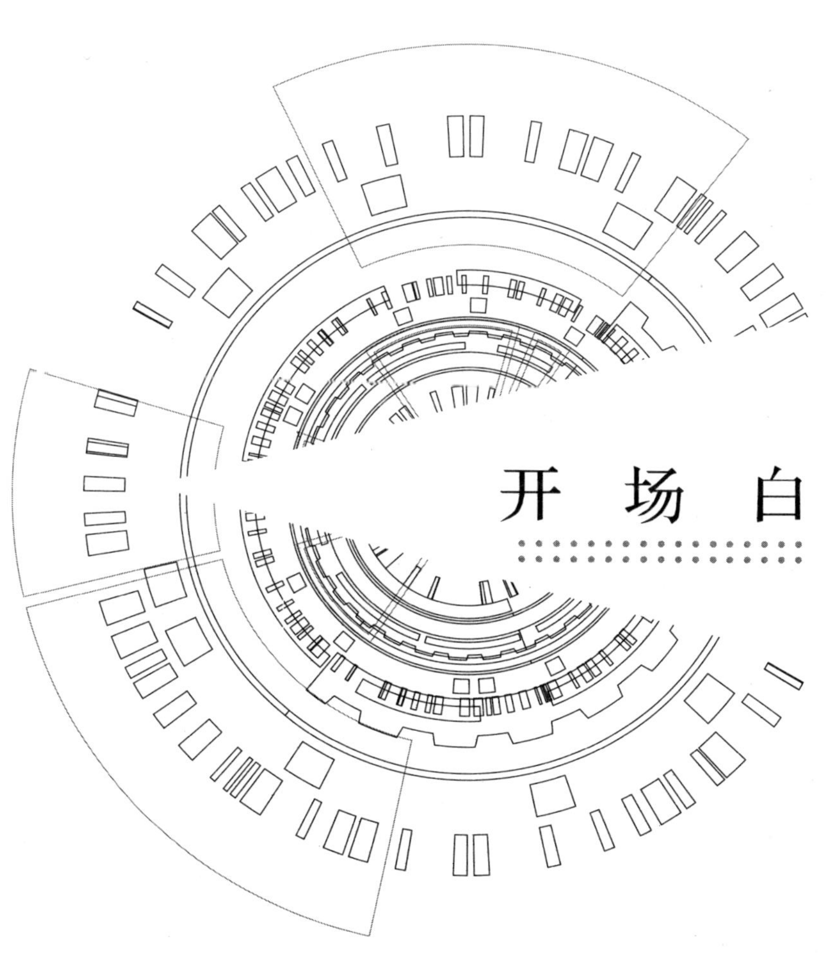

开 场 白

你认识马小哈吗？不认识？这就怪了，在我们学校，不，在我们那条胡同，你提起马小哈的名字，连三岁的小不点儿都知道。如果你问起胡同里的赵大妈，她准会说："你是问他呀，是不是那个成天马马虎虎、丢三落四、嘻嘻哈哈的马小哈，我正要找他哩！这不，他昨儿个在胡同里踢球，还把书包撂在我家里，八成儿是忘了吧。"你瞧，马小哈就是这么个人。

马小哈有个最要好的同学，叫吴小明，这两个小家伙成天在一块儿，他们从小在一块儿长大，又一道从小学升到初中，有人说马小哈简直就像吴小明的影子，这话虽然过于夸张，但是在某种程度上也说明他们的友谊非同一般。除了放了学回家，他们是形影不离，连上厕所都一块儿去呢。

有一天，他们放学回家，从光明大街走到幸福大道，嗬，一抬头，一幅大广告吸住了他俩的眼球。你知道他们看见了什么吗？原来那是红星电影院正在上映《蜘蛛侠》的大广告，那个飞檐走壁的蜘蛛侠正在摩天大楼上朝马小哈招手哩。马小哈立刻对吴小明说："走，看电影去，我早就想看这部大片了！"吴小明也很赞同，俩人手拉着手，飞快地朝电影院奔去。不料，等他们到了电影院的售票窗口，买票的人里三层外三层，挤得水泄不通。看来要想买到票还不容易。吴小明说："算了吧，人太多，这队要排到什么时候呀……"他想打退堂鼓了。马小哈伸着脖子瞧了瞧，说："有办法，你站在这儿，瞧我的……"话音刚落，他像个小泥鳅一转身钻进了人群中，一眨眼就不见了。不到一会儿，马小哈笑眯眯地跑来，手里举着两张电影票，高兴地对吴小明说："怎么样，晚上7点的……"他究竟是怎样弄到电影票的，这就不得而知了。"别忘了，到时候我在电影院门口等你，不见不散。"马小哈将一张电影票塞进吴小明手里，一溜烟跑了。

再说马小哈在家里匆匆忙忙吃了晚饭，立刻去了红星电影院门前，观众陆陆续续入场，可是左等右等，始终不见吴小明的影子，他是个急性子，心想吴小明手里有票，我也不等他了。于是他就进了电影院，找到了自己的座位——7排4号。看电影的人真不少，几乎座无虚席，马小哈正在东张西望，看看吴小明来没来，忽然听见一个凶巴巴的声音："喂，你是几号？"马小哈一愣，回过头来，是个披长发的小伙子对他说话。

"我是……7排4号！"马小哈理直气壮地说，又从裤兜里掏出票根，那个小伙子很不礼貌地劈手夺过他的票根，看了一眼，讥讽地说："喂，走吧，你是三楼的，给爷们儿让座！"

马小哈这才仔细看了看票，果然是三楼7排4号，连声说："对不起！"心想，怪不得见不到吴小明，他准在三楼。于是他急急忙忙从楼梯跑上三楼。

这时，开演的铃声响了，灯光渐渐暗了下来。马小哈快步奔向第7排，却发现4号座位上有人。这回轮到马小哈不客气了，他对座位上梳两根大辫子的小姑娘吼道："喂，你是几号？"那个小姑娘一愣，正要找自己的票理论一番，手里拿着电筒的服务员闻声走来，因为灯光熄灭，电影已经开映了。

服务员是个阿姨，她接过马小哈手里的电影票，用手电筒仔细照了照，说出的话能把人活活气死，你猜她说了什么？猜不出来。她说："你这票是明天晚上7点的，你干吗今儿就跑来？请您走人吧……”

马小哈啊马小哈，也没有仔细看一看买的是哪一天的票，就慌慌张张地跑来了。还好，电影院里黑咕隆咚，谁也看不见他的脸蛋涨得通红，他拔开腿就跑，听见身后一阵哄笑声。

这个马小哈，就是这么个成天马马虎虎、丢三落四、嘻嘻哈哈的人，不过，除了这点小毛病，马小哈可是个性格开朗、爱学习，还乐于帮助别人的人。我别光顾着说他了，你瞧，马小哈过来了。那个长得虎头虎脑壮壮实实的，就是马小哈，他身旁那个瘦小个子就是吴小明，他们边走边说，聊个没完，没准儿又有什么新鲜事儿。

接下来，还是言归正传，给你们讲马小哈的奇遇吧，我在这儿给你说声拜拜了……

魔　鞋

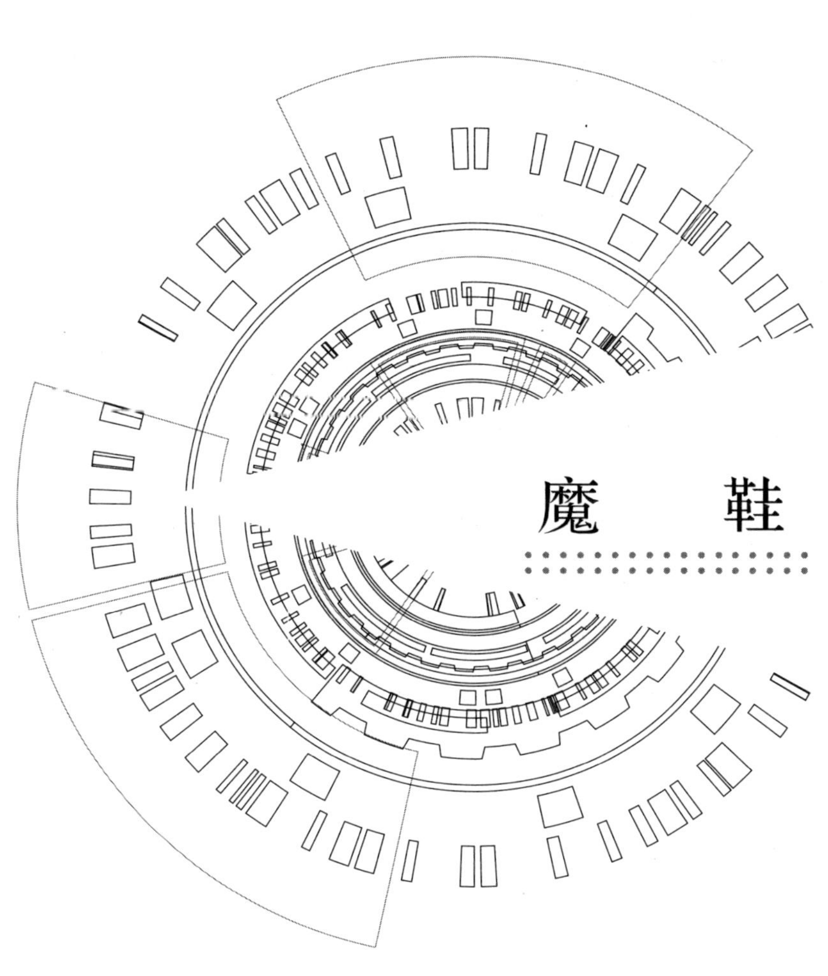

窗子上刚有点朦朦胧胧的青白色曙光，马小哈就被窗外一阵急促的喊声惊醒了：“喂，马小哈——马小哈——”

这是谁呀？马小哈光着脚丫子跳下床，拉开半扇窗子，踮起脚尖朝外望去。窗外的大杨树下站着一个和他一般高的男孩，正冲着他直做鬼脸。这是同班的吴小明。

“懒蛋，你还没起床？”吴小明笑着问道。

“干吗？有什么事？”马小哈懒洋洋地打着哈欠，不耐烦地问。昨晚看电视看得很晚，他还没睡醒哩。

“瞧你！”吴小明指指自己脚上的白跑鞋，又好气又好笑地说，“今天咱们要代表全校参加1500米决赛，你忘了？”

他的话还没讲完，马小哈的眼睛睁得圆圆的，“啊”的一声叫起来。这样一件大事，他几乎忘到九霄云外了。“等一下，我马上就来！”他急急忙忙地说。

没过3分钟，马小哈满脸窘容地探出头来：“你……你先走吧……我的鞋……不……见了……”

“嘿，你快点找吧，我在汽车站等你。”吴小明无可奈何地说。

吴小明在胡同口消失之后，马小哈手忙脚乱地折腾开了。他钻到床底下里里外外找了个遍，又打开衣柜胡乱翻了一通，但那双新球鞋像是长了翅膀，不知飞到哪儿去了。

马小哈急得满头大汗，光着脚丫子跑进卫生间，又从卫生间跑进门厅。门厅里的光线很暗，不知什么讨厌的东西把他绊了一跤。他气鼓鼓地朝那东西踢了一脚，弯下腰看了看，原来是爸爸野外考察用的轻便旅行袋。马小哈往袋子里一瞧，高兴得差点儿跳了起来：一双球鞋！他急忙把鞋拿出来，脚往里一伸，觉得这双鞋似乎大了一些，穿在脚上有些晃荡。可也怪，他在地板上走了几步，鞋子马上变得非常合适，又舒服又轻巧。马小哈没有再多想，马上穿上一身白色运动服，马马虎虎擦了把脸，又从桌子上抓起一个面包和一瓶矿泉水，放进小挎包里，便一个箭步冲出了房门。

奇怪的事情从这儿开始了。

这时，天已大亮，静悄悄的大街从睡梦中苏醒过来了。四面八方开来的小汽车、大面包车、电车和公共汽车，像竞技场上的运动员，你追我赶，互不相让。人行道上的行人步履匆匆，上班的上班，上学的上学，这时正是交通高峰的时刻。

就在这时，大街上发生了一场不小的骚动。

值班的交通警察像往常一样坐在岗楼里，指挥南来北往的车辆。忽然，他发现川流不息的车队像是遇见什么障碍，全都停在十字路口——交通堵塞了，连两旁人行道的行人也停止了走路，一个个伸长脖子仰望天空。交通警察好奇地打开玻璃窗，顿时，大街上爆发的喝彩声、尖厉的叫喊声像潮水一样涌进了他的耳朵：

“啊，啊……”

“小家伙，真棒，再来一个——”

当交通警察探出头来，目光落在一根电线杆顶端时，他一下子惊呆了。

他看见了什么呢？原来，电线杆上有个十二三岁的男孩，像个技术高超的杂技演员，踩着晃晃悠悠的电线，像在平地上似的朝前走着。再仔细一看，这男孩不像在走，而像在飞，当前面的电线杆挡住他时，他只是纵身轻轻一跳，便跨越过去了……

交通警察非常担心那个孩子会摔下来，他抓起话筒，大声喊道：“喂，电线杆上的那个小孩，快下来，快下来！”

那个小孩回过头朝交通警察笑笑，又顽皮地向他招招手，撒开腿一溜烟就跑得无影无踪了……

这是怎么回事？交通警察慌忙拿起电话，向交通指挥中心报告。不过，当那个小孩消失之后，大街上的交通状况又开始恢复正常。人们议论纷纷，这件事成了当天街谈巷议的重大新闻。

可惜，真可惜，偏偏吴小明没有欣赏到大街上的精彩节目。他等了3趟公共汽车，不见马小哈的影子，便跳上第4趟开来的汽车。他个子矮，挤在几个大个子中间，光听见周围人们嚷嚷，什么也没看见，也闹不清大街上发生了什么新鲜事儿……

吴小明下了公交车，直奔少年宫体育场，全区中小学的运动会今天在这儿举行。当他走进大门，来到宽阔的足球场，他几乎不敢相信自己的眼睛，原来马小哈早就来了，正在绿茵茵的草坪上翻跟斗、竖蜻蜓，忙着做准备活动呢。

吴小明刚想和马小哈算账，却听见几个同学边走边说，议论得十分热烈。

“我听说，那个小子真神了，他在电线上行走如飞，也不会掉下来，这是怎么回事？”一个戴眼镜的男孩说。

“我亲眼看见的，那肯定是个外星人。要不，他怎么飞得那么高？”一个胖墩墩的男孩说。

“你胡扯什么，哪里有什么外星人！那个小孩准是马戏团的演员，他在那儿练功哩……”一个系蝴蝶结的小姑娘反驳道。

“练功？有跑到电线上练功的？”胖墩墩的男孩反问道。

吴小明听见他们的争论，不禁有些纳闷儿，问马小哈：“他们在说谁啊？”

可是马小哈故意拽着他的胳膊，向操场另一端走去：“管它呢，咱们还是抓紧时间多练习练习，马上就要比赛了……”

吴小明几次开口，打算问他怎么来得这么早，都被他打岔搪塞过去了。这个马小哈，他的闷葫芦里究竟卖的什么药呢？

这是个难得的好天气，蓝天如洗，阳光普照。在一阵嘹亮的号声和鼓乐声中，举行了简短隆重的开幕式，接下来各项比赛陆续开始。再过5分钟，全区中小学生1500米决赛就要开始了。这是竞争最激烈的比赛项目，跑道周围挤满了人，各个学校的啦啦队挥动彩色纸旗，扯着嗓子给本校选手鼓劲打气。

吴小明瞅着起跑线上几个神气活现的大个儿，心里直发怵。那几个都是兄弟学校的长跑健将，上几届的全区冠亚军。他和马小哈怎么能是他们的对手呢？

“真糟糕，碰到他们……”吴小明气馁地说。

马小哈一面不慌不忙地做着屈膝动作，一面说：“怕什么，咱们走着瞧！”

就在这时，裁判威严地喊道：“各就各位——预备——”

听到这声号令，吴小明和十几名选手立即蹲在起跑线上，个个像即将出膛的炮弹。这时吴小明突然发现马小哈的位置上没人。他吃惊地转过头去，心里顿时凉了半截：原来马小哈的鞋带松了，正在慢吞吞地系鞋带哩。吴小明又气又恼，恨不得上去揍他几拳。这时只听“砰”的一声，信号枪响了。其他运动员像箭一般冲了出去，可马小哈仍在拾掇他的那双鞋。

“喂，马小哈，快跑呀，你怎么啦？”站在跑道旁边的同班同学沉不住气了，大声喊道。

马小哈慢条斯理地站起来走了几步。看他这副样子，他们学校的同学们气得直跺脚。

就在这时，马小哈做了个让人无法理解的怪动作：他纵身一跳，蹦得足有一米多高。说时迟，那时快，还没等大家反应过来，只见他像一阵旋风似的冲出去了。一眨眼工夫，他已经超过了所有的选手，跑到最前面的行列里。他的腿像飞转的车轮，在白色的跑道和绿色的场地上奔驰……

全场欢声雷动，“马小哈！加油！”“马小哈！加油！”喊声此起彼伏，在场的同学们都兴奋得大喊大叫。在即将完成最后一圈的冲刺时，观众们纷纷拥到终点线一端，等待这个冠军。裁判和计分员更是紧张地掐着秒表，准备记下这个了不起的打破纪录的准确时间。

不料，当马小哈第一个冲过终点线时，他的冲力实在太大，巨大的惯性使他无法刹住脚了。如果继续往前冲，肯定会把不少围着看热闹的人撞伤。在这一瞬间，马小哈急中生智，迅速来了个三级跳远。大家的目光都盯着他，只见他的鞋底喷出一股白色的气体，如同一道白光。当人们惊叫起来时，马小哈早已飞过他们的头顶，无影无踪了……

马小哈的爸爸被一阵急促的敲门声惊醒。打开门，他怔住了，门外站着一位陌生的警察。

“请问，您是马工程师吗？”这位警察很客气地问道，他就是岗楼里的交通警察。

马工程师点点头。他摸不清警察一大早找他有什么急事。

交通警察详细地把清晨大街上发生的事告诉了他，并说：“经过我们调查，发现那个跑到电线杆上的孩子，就是您家的马小哈。我们非常担心他的安全，得马上把他找到。您知不知道他用什么办法飞得那么高、那么快的？”

交通警察说到这儿，马工程师连声说："糟了，糟了……"

马工程师头也不回地往门厅跑去。他打开旅行袋，脸色突变，半天才说出一句话来："糟糕，这孩子把我的魔鞋穿走了……"

"什么？魔鞋？"交通警察睁圆了眼睛。

马工程师抬头瞥见对方的惊讶表情，便把那双魔鞋的来历告诉他。原来，魔鞋是根据气垫船的原理设计的一种新式鞋子，这种鞋利用人的双脚走动产生的能量，不仅能产生气垫，还能产生喷气。地质工作者穿上它后，魔鞋产生的反作用力，能推动人行走如飞。鞋底产生的气垫还可以使人非常轻巧地通过沙漠、沼泽地。这双鞋是他刚发明的，还在试用阶段。

"啊，原来是这样！"交通警察松了口气，接着问道："您的儿子马小哈怎么会操纵这种魔鞋呢？"

马工程师苦笑着说："说来话长，我就简单地给你说吧，这种鞋是用人体的生物电流来自动操纵的。当大脑发出信号，指挥脚向什么方向走动时，大脑的生物电流就会通过神经系统迅速传递到脚上。魔鞋底部安装了几个微型传感器，能接收大脑发出的电波，对其进行放大处理，传到魔鞋的电脑里，电脑再操纵另一台微型高效空气压缩机，魔鞋就立即开始工作……"

交通警察说："您是不是说，穿上魔鞋，脑子里想上哪儿，魔鞋就能领会您的意图，立即把您带到那儿去？"

"对对对！"马工程师接着又说，魔鞋不需要消耗其他能源，它会把穿它的人平常走路时一点一滴的能量贮存起来，一旦需要，这些能量就会释放出来。马工程师神秘地告诉交通警察："不过，这里有个秘密。平常穿它，要把鞋带松开，这样就和普通鞋子没有区别；当你需要它跑得快甚至短距离腾空飞起时，就得把鞋带系紧，这样它就成了名副其实的'魔鞋'……"

交通警察抬起眼睛，忧心忡忡地问道：“魔鞋在科学技术上可是了不起的发明，可是，您的马小哈穿上它，他会飞到哪里去呢？我们该怎么办？”

马工程师想了想，突然一拍脑袋：“对了，他准是开运动会去了。昨天晚上这孩子还洗了他的运动鞋，放在阳台上晾干。他肯定是穿错了鞋……”

“行啦，那咱们快去找吧！”交通警察不由分说地拉着马工程师朝门外走去。

马小哈究竟飞到哪儿去了呢？

离少年宫体育场大约一里远的地方，有一块长满芦苇的湿地，那里长满绿茵茵的草甸，有的水洼烂泥很深很深，一不小心就会陷进去拔不出脚。附近有一片小树林，是鸟儿栖息的乐园。以前，马小哈和吴小明常到这儿来玩耍。

当运动场还在欢声雷动的时候，马小哈就从半空中掉进了湿地。还算幸运，他是落在一块草墩子上的。当交通警察和他的爸爸赶来时，只见马小哈满脸满身都是黑乎乎的污泥，正在那里等待救援哩……

听说，马小哈这次创造的1500米长跑纪录，被裁判取消了。至于是什么原因，我不说你们也猜得出来吧。

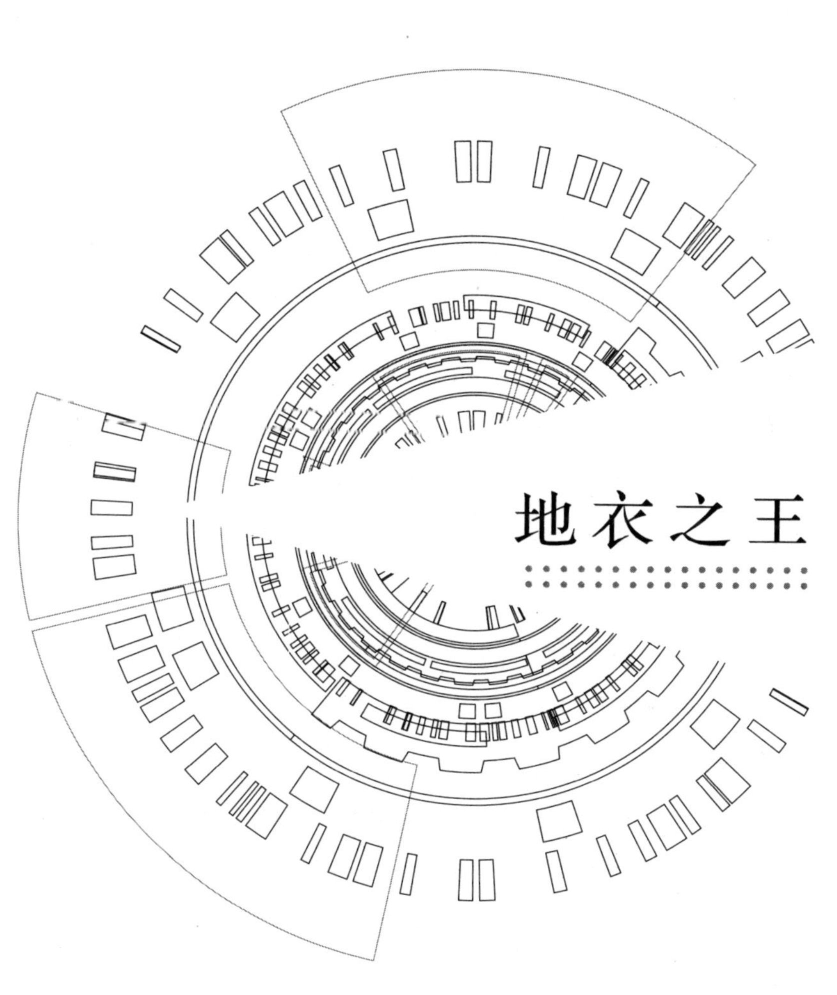

地衣之王

有这么一天，大概是离放暑假不到一个星期的时候，轮到马小哈做值日。他干什么都磨磨蹭蹭，等他抹完桌子，把教室的地扫干净时，夕阳的余晖在校园的小松林后面渐渐暗淡，天已经黑下来了。

马小哈把书包往背上一撂，手里拿着心爱的小足球，一溜烟蹿出了校门。他想起今天因为做值日耽误了一场球赛，心里感到十分惋惜。刚才做值日的时候，操场上传来一阵阵激烈的叫喊声和喝彩声，就像猫爪子抓他的心一样，他恨不得丢下扫帚马上跑到足球场去，哪怕瞧上一眼也过瘾呀！可是，一想起李老师那双严厉的眼睛，他不得不打消了这个念头。他知道，这一学期他压根儿没有正正经经地做过一次值日，要不，李老师今天干吗罚他一个人做值日呢？

“算了，不想这些了。”马小哈冲出校门，独自一人回家了。这时，苍茫的暮色像一重薄雾罩在城市上空，马路两旁的街灯还没有放出光明，大街上的行人和车辆稀稀拉拉，大概是人们都回家吃晚饭了。马小哈并没有觉察到天色已晚，他的心里还惦记着下午那场球赛：“到底是几比几？是甲班赢了，还是乙班赢了？嘿，干吗偏要今天比赛，挪到明天该多好……”想着想着，他把小足球往前一扔，在人行道上踢了起来。

他仿佛来到了足球场上，你瞧，他一个人可真够忙活的：一会儿拼命往前跑，像前锋带球前进似的，来了个百米冲刺；一会儿要了个绝招，用脚尖把球轻轻一挑，接着又敏捷地用脚掌把它踩住，像逗一只调皮的小猫；一会儿又像是和势均力敌的对手周旋，身子左扭右拐，嘴里不住地吆喝，那股子紧张劲儿，就像真在比赛似的。幸好一路上他还算走运，没有遇到一个值勤的民警叔叔。不一会儿工夫，马小哈连跑带跳地来到一个胡同口——他的家就在这条胡同里面。

这是一条不太宽的小胡同，大小和一个球门差不多。马小哈这时正在兴头上，一见这条胡同，灵机一动，狠狠地抡起一脚，来了个漂亮的射门动作……

说时迟，那时快，两道白光“嗖”地飞进黑洞洞的胡同。真够准的！

怎么是两道白光呢？一道白光嘛，不用说是那只小足球；另一道白光……说出来你们可别笑，是一只白球鞋！大概是马小哈使的劲儿太大，他脚上的鞋也跟着飞出去了。

这一招，把马小哈自个儿也逗乐了。可是他的笑声还没飞出一丈远，就听见胡同里的黑暗处传来一声“哎哟”的呻吟，八成有谁被他的“白光”击中了……

这时候，路灯突然“唰”地亮了。马小哈三步并作两步跑过去，只见地上蹲着个头发花白、上了岁数的老人，在他的脚前，有一堆玻璃碴子，像是一只玻璃瓶子被打碎了，地上流着一摊金黄色的液体……

那个老人听见脚步声，慢慢地抬起头来。当他瞧见马小哈光着一只脚丫子站在他面前时，不禁又气又恼，将愠怒的目光投向马小哈，责怪道：“你……你这个孩子，踢……踢球也……也不瞧瞧这是……是什么地……方……”也许因为生气，他说话有点口吃。说罢，老人顺手把地上的白球鞋扔给了马小哈。

马小哈知道自己闯了祸。如果他是个懂礼貌的孩子，他应该主动向老人赔礼道歉，说声“对不起”，承认自己的错误，这件事也许就此了结了。可是马小哈从来没有认错的习惯，自以为是男子汉大丈夫，心想：“有啥了不起的？不就是给你白吃了个‘包子’吗？你嚷嚷什么？”虽然

这些话没说出口，他脸上的表情可是全部流露出来了。

马小哈把一只脚伸进球鞋，一双眼睛仍直勾勾地盯着那个老人，因为他发现他的小足球还躺在老人的脚下。可以肯定，那一摊玻璃碴子正是小足球立下的“汗马功劳”。他的视力是1.5，他分明看见，球面湿了一大块，沾满了金黄色的液体……

“喂，那是我的球，快给我！”马小哈赌气地喊道。他见那个老人仍然皱着眉头蹲在地上，两眼呆呆地瞅着面前的一摊液体，不免有些着急起来。

马小哈的喊声好像提醒了老人，老人把目光移到足球上，接着把球拿起来，凑到眼前仔细地瞧了瞧上面浸湿的一块地方。

马小哈以为老人会把球扔过来还给他，不料那位老人站起来，用目光把他打量了一番。“你好像还蛮有理的？”老人揶揄地说，这时他也不口吃了，嘴边浮出一丝冷笑，“对不起，这个球暂时还不能给你……”老人说。

马小哈没等老人说完，顿时火冒三丈。他气呼呼地一个箭步冲到老人面前，劈手从对方手里夺回了他的足球。“你凭什么不给我球！”他愤愤不平地喊道。

“不……不……不，你不……不能……这样……”老人没有料到马小哈会这样不懂礼貌，一着急，又变得口吃起来。

足球夺到了手，马小哈便什么也听不进去了。他故意冲老人做了个鬼脸，扭头就跑。

“喂，你别跑，你别跑！我跟你说……”那位老人也急了，大声喊道。可是马小哈像兔子一样，撒开了腿，一转眼就不见了。

那个老人在后面拼命叫他，他理也不理会，心想：“还不是要告我的状？我还是赶快溜吧。”

这个马小哈，他完全想错了。

第二天清晨，马小哈被一阵尖声怪叫惊醒了……

头天晚上，一进家门，马小哈一边脱鞋，一边就顺手把小足球扔进门厅里。小足球在水泥地上打了几个滚，跳起来和墙壁“亲了个嘴”，在雪白雪白的墙上留下了一团黑黑的印子，接着又弹回来，在天花板上撞了一下，这才一骨碌滚到通向阳台的门，跳到外面的阳台上，在一个黑暗的角落里不声不响地睡觉了。

“你瞧你，什么时候都忘不了你那个破球！”马小哈的妈妈端着一碗菜，从厨房里出来，一见这番情景，气不打一处来，朝马小哈吼了起来。妈妈是个医生，最讨厌把屋子弄得乱七八糟。

马小哈在妈妈面前没敢犟嘴。他们在门厅里吃完饭，马小哈洗完澡，赶紧躲进了自己的小房间。他今天变得特别乖巧，也没有看电视，还打开书包看了几页书。不过，没过一个小时，上下眼皮就开始打架了。书本上面密密麻麻的字变成了无数个跳动的小足球，在他的眼前飞来飞去。他一连打了几个哈欠，便上床睡觉去了。

不知睡了多久，突然像是失火了似的，马小哈在朦胧中听见妈妈惊慌地大叫起来：

“小哈……小哈，快起来！”

马小哈从来没有听见过妈妈如此惊慌失措的喊叫，他吓得心惊肉跳，一骨碌爬起来，迷迷糊糊地说：“妈，妈，你怎么啦？你怎么啦？”

等马小哈睁开眼睛，原来天已经亮了。他推开房门，不禁吓了一跳，只见妈妈站在门厅里，脸色苍白，豆大的汗珠沿着脸颊直淌。她正在穿衣裳，可是由于心情紧张，双手不停地哆嗦，衣服扣子怎么也扣不上了。

起先，马小哈以为妈妈生病了。可是仔细一看，妈妈的一双眼睛却直勾勾地瞅着水泥地上，似乎那里躺着什么可怕的东西。

“你瞧，那是怎么回事？”过了好半天，妈妈用手指着脚下的水泥地，声音颤抖地说。

妈妈的声调和表情感染了马小哈，他的心情顿时紧张起来。那儿会有什么呢？一窝耗子？还是一条大蛇？可是那是水泥地呀，而且他们家又是住在五层楼上，从来也没有听说过会有什么可怕的东西。

马小哈想起自己是个男子汉，便壮起胆子，扶着门框，探头朝水泥地上瞅了瞅。这一瞅可把马小哈愣住了，他的嘴巴张得大大的，可以塞进一个大苹果，两只眼睛瞪得像大灯泡。好半天，他才嗫嚅着说了句："天哪，这是谁干的？"

马小哈看见了什么呢？原来，门厅的水泥地上像是被耗子啃了似的，出现一道一寸来深的凹槽，像是一条不规则的排水沟，从房门口断断续续地一直通到阳台上。

"奇怪，昨天晚上还好好的，怎么会……"妈妈纳闷儿地说，她有点儿糊涂了。

"妈，会不会晚上有人进来过？"马小哈自作聪明，提醒了一句。

妈妈半信半疑地走到门旁，拉了拉房门把手，里面上了锁。"不，没人进来。"她摇了摇头说，"再说，谁能在水泥地上凿出这么深的槽呢？"

"那是怎么回事？"马小哈也糊涂了，歪着脑袋直发愣。

蓦地，他的目光落在对面的墙壁上。

"妈，你瞧！"马小哈大声惊叫起来，用手指着墙壁。

这一下，他们母子俩都惊讶得说不出话来。雪白雪白的墙上同样出现了脸盆大小的一个深坑，墙壁大概很快就要凿穿了。

"我的天，我们家里出怪物啦！"妈妈望着墙上的黑洞，吓得两手捂着脸颊，连说话的声音都变了。

他们慌了。很快，他们发现这样奇怪的现象不止一两处，天花板上也出现了一个洞，水泥粉末纷纷落下；最严重的还要算是那个阳台，不知什么缘故，阳台的水泥栏杆和水泥板全不见了，只剩下一些纵横交错的钢筋，那副难看的模样，活像被猛兽吃掉的动物尸体，只剩下了一堆白生生的骨头架子。更让马小哈吃惊的是，他那只小足球还好好的，仍然躺在钢筋交织的格子上。他想起来了，昨天晚上小足球是从房里滚到阳台上的……

马小哈的妈妈立即拿起电话给“110”报警。不一会儿，负责这条胡同治安保卫的大个子警察来了。就在妈妈向警察说明情况时，马小哈突然惊叫一声，把他们吓了一跳。

“怎么回事？”妈妈和警察异口同声地问。

马小哈指着门厅的水泥地，战战兢兢地说：“你们看……”

原来，在短短的时间内，房里的情况又有了发展：水泥地板上不再是一条沟了，出现了密如蜘蛛网的纵横沟壑，像黄土高原被流水侵蚀的深沟一样；墙上的洞已经扩大，变得有洗澡盆那样大。看来过不了多久，这幢楼整个儿都会消失……

大个子民警是个最沉着冷静的人，这会儿也慌了手脚。他见过不知多少奇奇怪怪的事情，但是面对这种情况，他还是“大姑娘上轿——头一回”。

“快，快！你们赶快把贵重的东西搬出来！”大个子民警吩咐道。紧接着，他又拨了几个电话，向上级做了汇报。不一会儿，居委会的大爷大妈们也紧急出动，挨家挨户通知这幢楼的所有居民：“你们马上离开这幢楼房！这幢楼房有危险，这幢楼房有危险……”

接下来，我不讲你们也完全可以想象，这条胡同出现了怎样混乱的局面。马小哈他们这幢楼房的所有居民，从走不动的老奶奶到吃奶的婴儿，全都慌慌张张地转移到楼前的空地上，就像听到地震预报一样。人们的脸上流露出惊恐不安的神色，你望着我，我望着你。“怎么回事？”“到底发生了什么事？”他们互相询问。

可是没有一个人能够回答……

很快，这件事惊动了本市的最高领导。马小哈正对邻居的孩子们绘声绘色地讲他们家出现的怪事，小胡同里突然涌进了十几辆各种颜色的小汽车，从车里走出的都是本市的大人物——市长、市公安局局长、市科委主任，还有十几位本市最有学问的大名鼎鼎的教授、专家和工程师。

“同志们，我们还是到现场去看看吧！”矮矮胖胖的市长招呼了一下后面的人，头一个朝楼房走去。

大个子民警连忙跑上前，拦住了市长。“楼上有危险，你们不能去！”他用恳切的口气说道。

“啊！”市长迟疑了一下，忙问，“那你看怎么办好呢？”

大个子民警想了想。“对了，五楼那间房子的阳台损坏得最严重，你们到这边来看！”他说。

市长一行由大个子民警领着，沿着墙根转了个弯。“瞧，就是那个阳台，第五层。”民警用手指着马小哈家那个只剩下一根根钢筋的阳台。

大伙儿仰起脖子，目光全都集中在那个阳台上。

“奇怪，奇怪！”市长惊讶地说。他回过头，望着一个个教授、专家和工程师，问道：“喂，各位专家，你们哪位能说一说这是什么原因呀？”

市长的话音刚落，围观的人群中忽然爆发出一阵惊叫声：“阳台有人！阳台有人！”

市长急忙掉转头向五楼的阳台望去，果然，阳台的门口站着一个老人，他一手扶着墙，另一只手向前伸着，同时小心翼翼地用脚试了试钢筋，好像要瞧瞧钢筋是否结实。

站在下面的市长见那个老人双脚踏上颤动的钢筋，不禁担心地高声喊道：“喂，老同志，你小心一点儿……”

在场的人全都捏了一把汗，一个个屏声敛息地注视着老人的一举一动。起初，大家不明白他要干什么，过了片刻，只见老人在悬空的钢筋上走了几步，伸手捡起那只小足球，就像那是个宝贝似的。他小心翼翼地捡起球，又打开身边的一个金属盒子，把小足球放了进去……

老人离开阳台后，人们七嘴八舌地议论开了：

“冒这么大的险，就为了捡一个球？”

“他是谁呀？怎么以前没见过？”

“这个老头可真有意思……”

在人们乱糟糟地说个不休的时候，只有马小哈一个人呆呆地立在一旁，脸上一阵白，一阵红。刚才阳台上发生的一切，他全都看得一清二楚，连阳台上的那个老人是谁，他也知道。因为他亲眼看见那个老人是和妈妈一道上楼去的，还和妈妈说了好多好多话……

真是冤家路窄！他没看错人，阳台上的老头，就是昨天晚上他在胡同口遇到的那个老头子。

马小哈心里直纳闷：这个老头真有办法，居然找到了自己的家。他看见老头说话时妈妈那副毕恭毕敬的样子，心想，那个老头肯定是在告他的状，把他怎样打碎了玻璃瓶、怎样不肯承认错误，添油加醋地说了一番。果然，后来他看见老头爬上阳台，特地捡走了他的小足球，这就进一步证实了他的想法。马小哈断定，这个老头生怕妈妈不相信，所以专门去找物证——那个小足球当然是物证啰！

“瞧着吧，待会儿准得挨一顿臭骂……”想到这里，马小哈沮丧透了。

但是，接下来发生的事又把马小哈弄糊涂了，因为当那个老人在楼梯口出现时，所有在场的教授、专家和工程师都齐声叫了起来：“刘教授，是你呀！”接着，他们拥上前去，把刘教授团团围住了。

“同志们，危险已经排除，你们可以放心回家了。”那位刘教授向居民们大声说道。

大个子民警听他这样说，心里的一块石头落了地，连忙去说服居民让他们回家去。

市长这时也认出了对方，连忙迎上前，亲热地用手拍拍刘教授的肩膀："哎呀，闹了半天，原来是你呀！你在这儿搞什么名堂？什么时候来的？"

刘教授大概也没有想到市长和科委主任都会亲自出场，显得又高兴又有些不安，连声说："嘿，你瞧，我刚刚回来就惹出这么大的麻烦。不过也好，你们既然亲自看见了，就省得我向你们汇报了。"说罢，他悄悄地告诉市长和科委主任："我的实验完全成功了！"他在说这番话时，两眼闪动着喜悦的光芒。

站在一旁的市公安局局长，这时忍不住地问道："刘教授，我不懂科学，你能不能简单地讲一讲你在搞什么实验？因为这件事已经影响到居民的安全和我们的治安工作，所以我想……"

"对，这位是公安局局长，他有责任对你的成果提出怀疑。"市长向刘教授开玩笑说。

"应该，应该。"刘教授向公安局局长点点头，"这样吧，我们还是上楼去，到现场边看边谈……"他提议道。

小小的屋子坐满了人。马小哈的家第一次接待这样多的贵客，他又兴奋，又忐忑不安。他藏在厨房门背后，伸长耳朵……

"说起来话就长了。我开始产生进行这项研究的念头，还是在唐山大地震以后。各位都知道，唐山大地震的损失是惊人的，它不仅使我们的几十万兄弟姐妹丧失了生命，而且彻底破坏了一座百万人口的城市，使这座美丽的工业城市几秒钟之内变成一片废墟。唐山大地震以后，我到过那儿，所见到的情景比起我见到的在第二次世界大战后遭原子弹轰炸的广岛还要凄惨，还要令人痛心。到处是断墙残垣，到处是倒塌的房屋和厂房，连街道都堵塞起来……"刘教授站在门厅中央，用缓慢的声调说道，"而要建设一个新唐山，在一片废墟上建设一个新的城市，首先遇到的麻烦是如何清除这些建筑垃圾。不首先把这些断壁残墙清理干净，就无法动手搞新的建设……

“可是，当时不仅国内，就连全世界科学最发达的国家，也没有更有效的办法。唯一的途径是用大卡车一车一车地运，把这些建筑垃圾堆到郊区的空地上。大家知道，仅仅这一项工程所花费的人力和金钱，就同建设一座城市差不了多少，而且占了很多土地。

“有没有更好的办法对付这些建筑垃圾呢？要知道，不仅唐山有这种特殊的情况，在我们的城市建设中，改造一个旧城市，兴建一项新的工程，随时随地都会遇到同样的问题。这是多么棘手的事啊……”

刘教授说到这儿，一个秃顶老教授打断他的话，问道：“刘教授，你是生物学家，我不明白，这些土木建筑方面的问题……”

“你是不是说这不属于我的专业范围？”刘教授接过话茬儿，反问道。

“对，有这个意思。”秃顶的老教授承认。

“不，恰恰相反，这正是我的专业范围。请你听我讲下去。”刘教授做了一个手势，接着说，“不错，我是研究生物学的，具体地说，我是专门研究地衣这类低等植物的。”他望着坐在床沿上的市长和科委主任，“如果你们到过山区，在那些裸露的悬崖绝壁上，别的高等植物无法生长的地方，你们会看见岩石上长着一块块像牛皮癣似的斑块，这就是地衣。地衣是真菌和藻类共生的植物，它们友好地相处，互相帮助，真菌负责吸收水分，藻类则担负制造有机质的任务。由于它能够分泌出一种特殊的化学结构的地衣酸，所以无论怎样坚硬的岩石，都能被地衣分解，形成薄薄一层土壤。别看地衣的结构非常简单，它的适应能力却很强，能够在最恶劣的环境里生长。在地球上，不论是高山荒漠，还是炎热的赤道，甚至是冰天雪地的南极，到处都有地衣的踪迹，所以人们把地衣称为植物界拓荒的先锋，也是将岩石改造成土壤的先锋植物……”

这时，市长看了看腕上的手表说："刘教授，你能不能简单点？我很想知道，你的研究和我们今天所见到的现象有什么直接的关系？"

"太有关系了。你们看看水泥地板上的沟槽和墙壁上的洞，还有被啃得只剩下钢筋骨架的阳台，这都是地衣干的呀！"

"地衣？"在座的人面面相觑，全都惊讶得说不出话来。

马小哈躲在厨房里，也被刘教授的话吸引住了。他已经不怕刘教授了，反而觉得这个老头儿非常亲切。刘教授讲的一切，那么新奇有趣，他几乎一字不漏地印在脑子里了。

正在这时，有人提出质问，说话的还是那个坐在椅子上的秃顶老教授。他以一种怀疑的口吻问道："刘教授，据我所知，地衣这种低等植物固然具有分解岩石的能力，但是你比我更清楚，这个过程是非常非常缓慢的。在自然条件下，一块坚硬的石头要变成疏松的土壤，起码要经过几万年甚至十几万年，怎么可以想象，几小时内就能够产生这样大的破坏作用呢？"

"对呀！对呀！"其他人也随声附和道。

"首先我要纠正你的用词，地衣的作用不是破坏，而是建设！"刘教授不慌不忙地回敬了一句。

秃顶老教授苦笑了一下，没有回答。

"其次，现在我可以公开我的秘密：我所用的并不是天然的地衣，而是人工培植出来的一个新种，我把它命名为'地衣之王'。"刘教授以自豪的口吻说。

"嗬，'地衣之王'！名字倒是挺神气的！你倒是说说它有多大的本领，可以称之为王呀？"秃顶的老教授是个爱抬杠的人，他撇了撇薄嘴唇马上又给刘教授出了个难题。

刘教授并不在意，他清了清嗓子，接着答道："全世界的地衣，共有26000多种。我们在实验过程中，逐个试验了其中4000多种地衣，筛选了一批对岩石的分解能力最强的品种，然后用基因工程的手段，把产生这种能力最强的基因移植到一种胶质地衣体内。经过5年时间，我们筛选了1000多代，最后，终于获得了一个最佳品种，这就是‘地衣之王’。”刘教授像宣读学术论文似的，滔滔不绝地讲道，“据我们测定，‘地衣之王’有两个最突出的特征，一个是它自身的繁殖速度极为惊人，在常温状态，1小时可以繁殖5000至7000代；再一个就是它的地衣酸能够迅速溶解最坚硬的岩石、水泥制品和砖块。比如这幢楼房的水泥构件和砖瓦，只需要1公斤‘地衣之王’，24小时就可以全部吃光……”

刘教授说罢，房间里像开了锅似的议论纷纷。有人说，这项成果实用价值太大了，本市进行市政建设，目前就遇到大量的建筑垃圾无法处理，连市长本人都为这件事伤透了脑筋，开了不知多少次会议，也没有找到理想的解决办法。不过，也有人担心，这项成果好是好，如果管理不善，也会出现新的麻烦。

“‘地衣之王’能消除建筑垃圾，难道不会把盖好的大楼或者其他建筑物消灭掉吗？要是那样，可不得了呀……”有人提出这样的疑问。

刘教授注意地倾听着，不时点点头。当听到有人对这项成果的安全性表示担心时，他立即搭腔道：“请放心，这方面我们早有提防，就像任何一种新式武器，人们能够发明它，也有办法控制它一样。”接着，他告诉大家，“地衣之王”具有很强的选择性，它只能消化岩石和砖块、水泥一类的“食物”，对人类用化学方法制造的产品，如塑料、沥青和各种金属却无能为力。

“这是‘地衣之王’的弱点。在使用它的时候，我们可以利用它这个弱点，做到安全可靠。”刘教授补充道。

“啊，我明白了。”秃顶老教授拍了一下巴掌，恍然大悟道，“在施工的时候，只要用一层薄薄的塑料薄膜把需要处理的建筑垃圾罩起来，就可以解决问题了！”

“你说得对极了！”刘教授显然对秃顶的老教授被他说服感到很高兴。他连忙提醒大家注意地板、墙壁和天花板，这时大家才发现，那些被‘地衣之王’啃掉的地方，已经被一层乳白色的塑料胶填充起来，像毛玻璃一样。

刘教授指着放在地上的模样像喷雾器的金属筒说：“这是塑料速效凝固剂，用它可以马上遏制‘地衣之王’的生长……”

“那个阳台，只好请工人师傅重新修理一下，它安全倒是安全，只是不太雅观……”刘教授回过头来，向站在墙角的马小哈的妈妈点点头，用抱歉的口吻说道。

原来，阳台上也覆盖了一层透明的塑料，在阳光下闪闪发光，如果不注意，简直看不出来。

这时，靠窗的沙发上坐着的公安局局长早就不耐烦了，他提高嗓门冲刘教授问道：“刘教授，请允许我提个题外的问题。我很想知道，你为什么要在这间房间里搞你的试验？你当然知道，这种试验是相当危险的。你为什么事先不通知有关方面，包括我们公安部门……”公安局局长一口气连提了几个为什么，口气相当严厉，尤其是他那双眼睛，射出了咄咄逼人的光芒。

房内的空气突然变得紧张起来，大家不约而同地缄默不语，全把目光集中在刘教授身上。

刘教授微微一笑，正待开口回答公安局局长的质问，马小哈的妈妈满脸涨得通红，向公安局局长说道：“这……这不怪刘教授，都是我……我那个淘气的……孩子惹下的祸……”她一激动，下面的话就说不出来了。

刘教授连忙抢着向公安局局长解释道：“这完全是场误会，责任在我。”接着他把这件事情的经过，原原本本地告诉了在座的每个人。

原来，前不久刘教授到中国科学院遗传工程研究中心进行“地衣之王”的试验，顺利结束后，昨天晚上才从北京回来，还带回了一小瓶珍贵的“地衣之王”样品。他见天色尚早，没有马上回家，却急急忙忙去找他的一个合作者，商量下一步搞试验的事情。这个合作者是一位地质工程师，他丰富的岩石学知识对刘教授检验“地衣之王”的性能很有帮助，这位工程师就住在这条胡同里，可惜没有找到，因为他到野外考察去了。刘教授告辞了工程师的妻子，便提着旅行袋往回走。不料刚走到胡同口，马小哈一脚飞起，足球正打在旅行袋上，盛满“地衣之王”的玻璃瓶整个儿碎了。刘教授慌忙打开旅行袋，用手轻轻地提出瓶子，“哗啦”一声，瓶子四分五裂，“地衣之王”洒了一地……

“瓶子里装的是‘地衣之王’的孢子，泡在一种培养基里，它们的颗粒很小很小，要用显微镜才能看到，这时全部洒在沥青路面上，抓也抓不起来，捧也捧不起来，简直叫人无法可想。当然这只是一点样品，在我们的实验室里还有大量的储备。”刘教授说，“不过，那个淘气的小家伙突然向我要他的球，这下提醒了我。我发现小足球上沾了一大块‘地衣之王’的培养基，不禁转悲为喜，因为只要有一点点孢子，我还可以想办法叫它们繁殖的。可是麻烦就出在这儿，那个小家伙不由分说，从我手里把球夺走了。我担心他拿走了小足球，弄不好会惹出麻烦，我拼命喊他，他跑得更快，结果正如大家所知道的，真的是惹出了一场乱子……”

刘教授接着讲他是如何把胡同口路面收拾干净的，他说，幸好路面是沥青铺的，“地衣之王”没有蔓延开来。但他担心小足球上沾的“地衣之王”会惹出麻烦，一晚上没睡好觉，今天一大早急急忙忙又跑到胡同里寻找那个淘气的孩子，不料一进胡同口，围观的人群就告诉了他出事的房子……

刘教授说罢，屋子里爆发出一阵抑制不住的哄笑声。秃顶的老教授捧腹大笑，市长笑得前仰后合，连很少有笑脸的公安局局长也咯咯地笑出声来。

刘教授接着告诉大家：“真是无巧不成书，我要找的这位马工程师就是这个小淘气的爸爸，他到野外去考察了……”

这时候，马小哈恨不得有个地洞能钻进去躲起来才好。他的脸上本已一阵阵发烧，屋子里的笑声更像鞭子似的抽打在他的脸上。他后悔莫及，刘教授花费了多年心血研究出来的成果，让他一脚踢飞了，还惹出这么大的麻烦。想到这儿，他恨死了那个小足球！

不知过了多久，客人纷纷离去了。突然，刘教授和马小哈的妈妈一起走进厨房，朝马小哈走来——马小哈这时躲在桌子底下，伸出了一个脑袋。

“哎呀，快出来，快出来！”刘教授笑容可掬地招呼马小哈，没有半点儿责备的意思。

“还躲在桌子底下干吗？还不赶快出来向刘爷爷道歉……”马小哈的妈妈上前一把拉住马小哈。

马小哈无可奈何地钻出桌子，局促不安地垂着头，两只手不知往哪儿放才好。

“来，给你，这是我送给你的。”刘教授笑眯眯地说。

马小哈抬起头，几乎不敢相信自己的眼睛。原来刘教授手里捧着一只小足球，崭新的小足球。

“你那只足球我得留下了，咱们换一换，行吗？”刘教授笑着说。

马小哈眨巴眨巴眼睛，他望望妈妈，又望望刘教授。“不，我从今以后再也不玩球了！”他咬了咬牙，下狠心说道。

不料，刘教授却哈哈大笑起来：“傻孩子，球还是应该玩的，锻炼身体嘛。不过以后可不要在马路上踢球了，好吗？”

这一次，马小哈的脸上也出现了笑容，他感动地接过球，什么话也没有说，而是恭恭敬敬地鞠了一躬。

“这就对了！”刘教授望着马小哈的妈妈，意味深长地说。

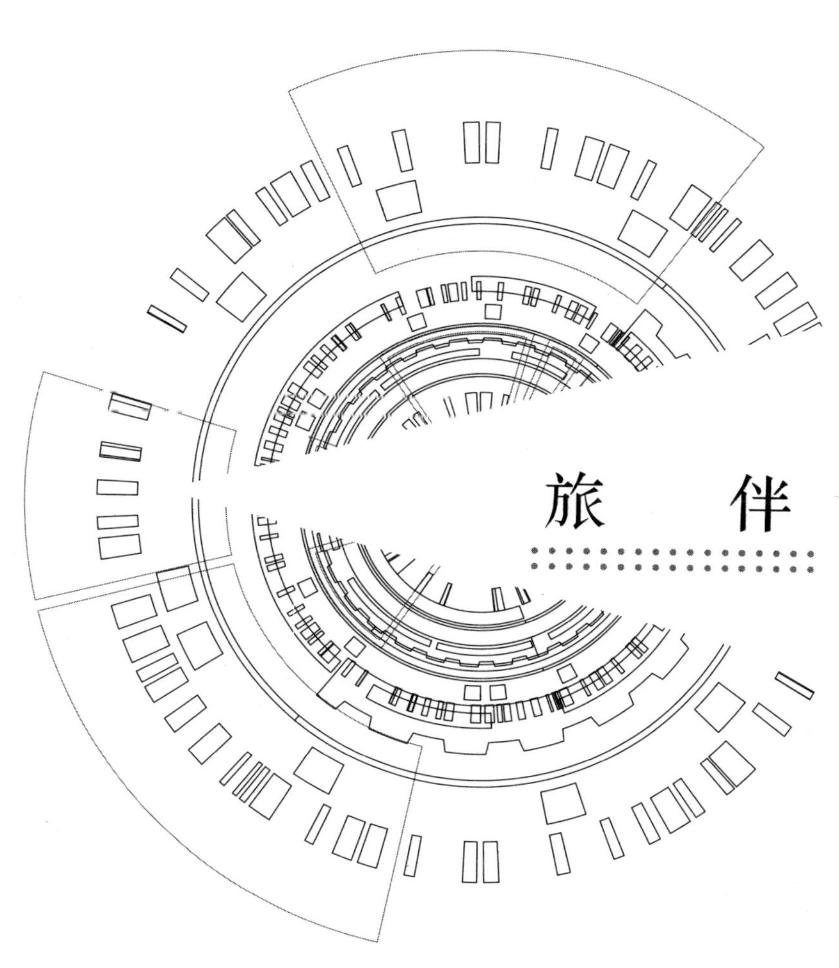

旅　伴

赤日炎炎的一天中午，马小哈和吴小明疲惫不堪地来到一个小镇。

他俩是利用暑假进行一次自助旅行的，他们不坐汽车，也不乘火车，打算靠自己的一双脚走到100多里外的海边去。这一段路虽说并不太远，但是爬山越岭、崎岖不平，加上又赶上一年最热的季节，天气闷热，没有一丝风，一路上的辛苦是可想而知的。这天天不亮，他们便离开了万山丛中一个风景秀丽的桃花村，告别了热情款待他们的牧羊人，沿着一条乱石成堆的山溪，朝山下走去。两个小旅行家头戴白色软帽，背着薄薄的小背包，挎着装有干粮的书包和行军壶，每个人的手里还挥动着一根用树枝削成的拐杖，那副样子倒是蛮神气的。

俗话说：上山容易下山难。当他们顶着火辣辣的太阳，走到群山环抱的一个山间谷地时，头发梢里渗出豆大的汗珠，身上的背心像是水洗似的贴在后脊梁上了。

山谷中有一个小镇，他们原想在这里休息片刻再继续赶路，按计划他们打算今天翻过眼前的大山。可是，两个小旅行家气喘吁吁地来到镇子中心，在十字路口一棵枝丫交错的大榕树下站定时，脸上不禁流露出失望的表情。

小镇静悄悄的，看不见一个人影，人们大概被炎热驱赶到阴凉的地方躲起来了。街道两旁的商店这时也统统关上大门，停止营业。唯有头顶的树枝上，几只知了扯起嗓子高唱着单调乏味的歌儿，像是奏乐欢迎他们似的。

个子瘦高挑的吴小明打开一张地图，辨别了一下位置，对马小哈说："对了，这就是榕树镇。牧羊人不是告诉我们，镇子中心有一棵古老的榕树吗？"

马小哈凑过去瞧了瞧，摘下帽子抹了一把满脸的汗水，嘴里嘟哝道："真糟糕，来晚了一步，商店全都休息了。这个鬼地方，中午还睡午觉……"

"啊，人家知道你马大爷要来，还得列队欢迎是不是？"无论遇到怎样的困难，吴小明总爱开个玩笑，"马大爷，啃干粮吧。"

马小哈可没心思开玩笑，他用舌头舔了舔又干又涩的嘴唇，故意把空荡荡的水壶摇得生响。"瞧，水都喝光了，我的嗓子眼快冒火了……"他瓮声瓮气地说。

经他提醒，吴小明瞧了瞧自己的水壶，同样是空空如也。"这么办吧，咱们找老乡要点水……"他建议。

眼下，这是唯一可行的办法。

马小哈无可奈何地点点头。"要是能找到一家冷饮店，那该多好，我可要饱餐一顿。"他异想天开地说，忍不住咽了几口唾沫。

"你呀，净想美事，要不要给你来个冰镇大西瓜呀？"吴小明朝马小哈的肩膀拍了一下，催他快走。

说来也巧，他们的脚步还没迈出大榕树的树荫，吴小明的胳膊冷不防被什么拽住了。他迅速转过脸，只见后面不知什么时候冒出一个面孔陌生的人——是他把吴小明拽住的。

"喂，小朋友，这边有一家冷饮店，咱们一块儿去。"陌生人朝他们笑笑，用手朝左边指了指。

吴小明和马小哈对视一眼，他们猜不透陌生人是不是开他们的玩笑。

"叔叔，真的吗？在哪儿？"马小哈忙问。

吴小明见马小哈那副急不可待的模样，心里不以为然，他用手悄悄地拽了马小哈一下，然后用两只滴溜溜的大眼睛不住地观察着陌生人，问道："叔叔，商店不是都关门了吗？"

这个陌生人大约三十多岁，中等身材，体格健壮，胸膛和胳膊的肌肉把白衬衫绷得紧紧的，仿佛随时都会撑裂开来。也许是很久没有理发，他的胡子老长，头发蓬乱，黑里透红的脸庞上，一对闪亮的眼睛，露出温和的目光，使人感到亲切，当然，使孩子们感兴趣的还是他的那身打扮，因为他的背上也背着一个大帆布袋子，鼓鼓囊囊的，左肩挎着一杆油光锃亮的双筒猎枪，除此之外，他的手里还攥着一具捕虫网。看样子，他也是个出门旅行的人。

陌生人见两个孩子半信半疑的神情，笑道："快走吧，难道我还会骗你们不成？"说罢，他诡秘地眨了眨眼睛，"我早就知道你们了，你们昨天晚上睡在桃花村牧羊人家里，对吧？！"

顿时，马小哈和吴小明变得活跃起来。

"叔叔，你怎么知道的？是牧羊人告诉你的，对不对？"马小哈忙不迭地问道。

"我根本没有去过桃花村，牧羊人怎么会告诉我？"陌生人笑道。

"你准是一直跟在我们后面，听见我们的说话呗。"吴小明跟着说。

"哈哈，那我成了侦探了。我可没有那么多的闲工夫，跟着你们干啥？"

说罢，陌生人把肩膀上的背带挪动了一下位置，大步朝前走去。

陌生人果然没有哄骗他们，从十字路口往左边拐不多远，便是一条挺繁华的街道，街面不宽，两边的建筑却很漂亮，一幢十几层高的高级宾馆像巨人似的挺立在楼房之中，显得异常醒目，看样子是刚竣工不久的。紧挨着这家宾馆，有一爿冷饮店。当他们兴冲冲地鱼贯而入时，一股沁人肺腑的凉气迎面扑来。

"嗬，真棒，还有空调哩！"马小哈兴奋地嚷道，张开嘴巴猛吸了几口凉气。

冷饮店里冷冷清清，没有一个顾客，柜台只有一个烫发的女服务员坐在那里打盹儿。陌生人似乎对这里很熟悉，他招呼了一声女服务员，随后走向临街玻璃窗前的一张桌子，卸下沉甸甸的背包，把捕虫网和猎枪靠着墙放下，然后招呼马小哈和吴小明坐下，开口问道："你们喜欢吃什么？汽水、冰糕还是冰镇酸梅汤？"

吴小明慌忙答道："叔叔，我们自己来……"他一面掏口袋取钱，一面朝马小哈递了一个眼色——这次旅行，吴小明是总管的角色，买东西、接洽住宿这类事儿，归他全权负责。

可是，陌生人似乎看出吴小明的心事，他急忙拦住了吴小明，而且不由分说地把他的手从口袋里拔了出来。

"少啰唆，到了这儿就得听我的。要不我可要生气了。"他一面说，面朝他们做了一个滑稽的鬼脸。

不待他们分说，陌生人走向柜台，对女服务员说："喂，小刘，给我们来一大瓶可乐，三瓶橘子汁，一瓶冰镇啤酒。还有，再来一盘腊肠，一盘熏鱼，一盘松花蛋，一盆热汤面。好吧，先来这些……"他似乎对这儿很熟。

吴小明一听陌生人一口气要这么多食品，吓得直吐舌头，心想，这下可糟了，一顿饭吃这么多，肯定要花很多钱，他的"小金库"可吃不消了。

"哼，全怪你一句话，惹出许多麻烦，我说找老乡要点开水……"他低声地抱怨起马小哈来。

"怪我？"马小哈毫不示弱，他指着鼻子瞪着眼诘问，"是我要来的吗？你说！"

吴小明生怕他们的谈话被陌生人听见，连忙采取息事宁人的态度，"好了，你别嚷嚷行不行，我们总得想想办法。"他压低声音说。

"我有啥办法，吃了再说呗！"马小哈回敬了他一句。

在他们说悄悄话时，陌生人围着冷饮店的十几张空桌子转悠开了。他像是寻找什么东西似的，在桌子之间来回巡视，目光一会儿落在桌面上，一会儿转移到水泥地上。他的怪异举动立即被马小哈发现了。

“你瞧，他在找什么？”马小哈用胳膊捅了吴小明一下。

吴小明旋即把视线转向陌生人。这时，陌生人仰起头，目光在天花板上搜索，那里粉刷得雪白雪白，除了悬挂的吊灯，看不见任何特殊之处。

“咦，这个人挺有意思。”吴小明自言自语道，他实在猜不透陌生人在天花板上能找出什么花样来。

正当他们疑惑不解时，女服务员从柜台那边走来。她像个耍杂技的演员，一只手托着一只很大的托盘，另一只手攥着一大把瓶子，边走还边吆喝：“来啦，全齐啦……”

当她把瓶子、盘子、碟子摆好时，这才想起什么似的问道：“你们跟张教授是一块儿的？”说罢，她瞅了瞅马小哈，又转向吴小明。

“张教授？！”马小哈他们一下愣住了，不知如何回答，因为直到目前为止，他们还不知道陌生人姓甚名谁，更不知道他是何许人也。

“阿姨，您说他是张教授吗？”吴小明的胳膊朝背后扬了扬，反问道。

女服务员顺着他的手势转过身子，就在这一瞬间，她像是被蝎子蜇了似的尖叫起来：“哎呀，你这个怪教授，我刚收拾干净的桌子，你一双泥脚怎么跑上去了！”她边嚷边朝那儿跑去。

马小哈和吴小明不约而同从凳子上霍地站起，原来那个被称作张教授的陌生人不知什么时候跳上了桌子。此刻他正踮起足尖，昂着脑袋，两眼在天花板上搜索着。

蓦地，张教授转过脸用严厉的口吻朝女服务员喝道：“别过来，你瞎叫唤什么！”

女服务员被这一声棒喝吓得愣住了，立刻收住脚步，呆呆地隔着一张桌子站着。

张教授接着朝马小哈他们招招手，“快，把捕虫网拿来。”他说话声音不高，但显得十分兴奋。

听见张教授的吩咐，马小哈迅速跑到墙边去取那具捕虫网。他的动作非常敏捷，吴小明刚刚反应过来，马小哈已经从他的头顶上把捕虫网扔了过去。

站在桌上的张教授刚要张口，叫他不要乱扔，捕虫网像箭一般早已飞了过来。这无异于帮了倒忙，因为天花板上的目标已经不见踪影了。

“糟糕！飞了！”张教授咕哝了一句。

见到这般情景，站在一旁的女服务员忍不住插嘴道：“您到底要找什么呀？”

但是，张教授似乎没有听见，继续寻找了一会儿。当他确信已经毫无指望时，这才跳下桌子。“算了，算了，不找了。”他又走过来招呼马小哈和吴小明，“你们快吃吧，一定又渴又饿了……”

说罢，他一屁股坐在椅子上，把可乐、橘子水、冰激凌一一递给两个孩子。过了一会儿，当女服务员端来一盆热汤面时，陌生人给他们一人盛了一碗，忙不迭地给他们搛菜，嘴里还不停地说：“多吃，多吃，吃得饱饱的，一会儿还得赶路……”

他大概也又渴又饿了，一边喝啤酒，一边吃菜，剩下的汤面连汤带水都吃光了。

马小哈他们这时顾不上讲客气，他们好几天都没有吃过这般丰盛的饭菜，再说张教授是个很有风趣的人，待他们很热情，他们一点儿也不拘束了。

用餐的工夫，他们很快熟悉起来。马小哈和吴小明这才知道，张教授原来是位昆虫学家，他是独自到野外搜集昆虫标本的。

这时，马小哈虽然在用餐，心里却有点不太踏实。他不清楚自己刚才把张教授寻找的什么宝贝弄得不见了。

吃饱喝足之后，马小哈鼓起勇气问：“张教授，您刚才在找什么呀？”

张教授把嘴里一块腊肠咽进去，笑道：“你长了一双大眼睛，原来什么都没瞅见呀……”

马小哈如实点点头，吴小明补充道：“我们都觉得奇怪，天花板上有什么呀？”

张教授放下筷子，正要回答，蓦地，他的眼睛盯着马小哈的头发，神情突然变得十分紧张。“别动！”他用颤抖的声音对马小哈说。

不用说马小哈，连吴小明也被他那神经质的举动吓了一跳。马小哈像是被定身法摄住似的，顿时连眉毛都不敢抬一抬，吴小明也屏声敛息，静观着对面张教授的动静。

说时迟，那时快，只见张教授像机敏的猴子似的蹑手蹑脚离开座位，从口袋内取出一只揉成一团的尼龙网罩，他将这只透明的网罩抖落开来，像渔夫撒网似的朝马小哈抛掷而去。

“哈哈，逮住了！”张教授顿时快活地叫了起来。

逮住了什么呢？马小哈的两只大眼睛，吴小明的两只大眼睛，都注视着那具收拢的尼龙网罩，活像两个渔夫瞧着从大海里提起的渔网。

马小哈的脑袋这时被网罩罩住了。当张教授小心翼翼地收缩网口，迅速地把网罩倒置过来，马小哈不由得惊叫一声：“苍蝇？！”

果然，网罩里的猎物竟是一只红头苍蝇。

“苍蝇？”吴小明见张教授郑重其事地把那只小苍蝇放进一支玻璃试管里，像捧着什么稀罕宝物，不禁大为惊讶。

“苍蝇！”张教授喜形于色地说。他的眼睛贴着玻璃试管，一眨不眨地观察着，嘴里还不住地啧啧称赞。

马小哈和吴小明不由得交换了疑惑的眼色，值得如此兴师动众吗？虽说现在经过灭蝇除害，地球上的苍蝇为数很少，可是上生物课时他们见过不少苍蝇标本，也听老师讲过，苍蝇是传播疾病的瘟神，对待它们要像对待敌人一样毫不留情地消灭。

“张教授，你要苍蝇干啥，做标本吗？”马小哈问。

张教授含混地应了一声，仍然目不转睛地观察那只囚禁在试管内烦躁不安的红头苍蝇。“啊，不是做标本，做标本太可惜了。”他说，“你瞧它那只大眼睛，还有那灵巧的脚，太妙了……”

“嘻嘻嘻……”马小哈憋不住地笑了。

“怎么，你瞧不起小小的苍蝇是不是？”张教授瞥了他一眼，又半真半假开玩笑地说，“我告诉你，在许多方面，我们人类恐怕还比不过它呢，你信不信？”

张教授的话音刚落，马小哈忍不住捧腹大笑。

“张教授，你真会开玩笑。”吴小明在一旁抿着嘴乐了。

“比比看吧，难道我比不过一只小小的苍蝇？！”马小哈故意扬了扬结实的胳膊，不甘示弱地说，好像他真要和苍蝇较量似的。

“苍蝇有啥了不起……”吴小明也从旁鼓气。

两个孩子一个跃跃欲试，一个挤眉弄眼，张教授不禁扑哧一声笑了。他把试管小心地放进旅行袋，然后看了一眼墙上的电子钟。

“哎呀，一晃都两点了，我还得马上回去。”他像是有什么急事似的慌慌张张地说。

的确，他们在冷饮店里待了差不多快一个半小时了。

张教授已经无心向两个小朋友多加解释，急忙收拾行装，并且问道：“你们两位是不是……”

“我们也得走了！”吴小明答道。

“我们今天还要翻过前面那座大山呢……”马小哈告诉张教授。

“那赶快走，这一截路还挺远的。”张教授说。

“张教授，你和我们一道吗？”马小哈一面戴帽子，一面说。他觉得还有很多问题没有来得及问张教授。

可是，张教授却摇摇头。“不，我要回实验室，不能奉陪了。”他一面说，一面走到柜台和女服务员结账去了。

趁这个机会，吴小明从口袋里掏出一张十元的钞票，用一张纸包好，悄悄地放进了张教授的旅行袋内，算是他俩的冷饮费和餐费。

在他们分手时，张教授取出一张名片，上面印有他的姓名和通信地址。他抓住马小哈的手，从衣兜里掏出那个小纸包塞在他的手掌心里。

“再见，欢迎你们到我的实验室来参观。”他笑着和他们握握手，补充道，“当然，事实会证明，我们人类在某些方面确实比不过一只小小的苍蝇！”

“我才不信哩！”马小哈临分手时调皮地说。

又过了整整一年，两个小旅行家又在暑假里出门旅行了。这一次他们走得更远，不过很巧的是，当他们返回时，又将经过一年前路过的榕树镇，马小哈看着地图，兴奋地告诉吴小明。他们在重重叠叠的大山里转了一天，已经饥肠辘辘了。

走到山脚下，眼看离榕树镇不太远时，红日西沉，倦鸟归林，无边的暮色渐渐把眼前的景物完全遮盖了。

“啊，快到了吧，我的腿都抬不动了……”马小哈一屁股坐在路旁的一块大石头上，四仰八叉地躺着，气喘吁吁地说。

吴小明也累得够呛。刚才一阵小跑，他的脚上磨起了泡，这会儿疼得直钻心。他坐在地上，脱了鞋，用手轻轻地揉着。

他们前面，是一片树影幢幢的林子，黑暗中听得见哗哗的流水声，附近不远有一条小河。随着黑夜的降临，白天的暑热已经有所减弱，但是天气仍然闷热难耐，连树叶也一动不动，仿佛空气完全凝滞了似的。

“再有十几分钟就可以到了，歇一会儿就走吧。”吴小明催促道，他很担心天晚了不容易找到住宿的地方。

马小哈从鼻子里“嗯”了一声，丝毫没有起身的打算。这也难怪，他毕竟太累了，在毒热的太阳底下整整走了一天，他这时感到浑身发软，一阵难以抗拒的睡意向他袭来。

石头上冰凉得很，马小哈觉得很舒服，他很想在这儿打个盹儿。就在他迷迷糊糊时，突然，吴小明慌慌张张地喊道：“小哈，你瞧，那是什么？”

“别闹……我睡一会儿……”马小哈含混地应道。

“你快起来！”吴小明不由分说地推搡着马小哈，说话的声音已经变调。

马小哈的睡意顿时被他的伙伴赶跑了，大概是听见吴小明惊慌的叫唤，他意识到发生了什么不寻常的事情，急忙翻身而起。

“怎么回事？”他问。

不待吴小明解释，马小哈已经看见了眼前出现的一幕可怕的情景：在他们前面，那一片林子上空升起了熊熊的火舌，伴随着滚滚浓烟，半边天空映得通红通红。起先，他们以为林子着了火，可是再看，那仅仅是一种错觉，当他们向前紧跑几步，走到路旁的山坡，这才发现，火光是从榕树镇升起的。

“不好了，失火了！”吴小明倒吸了一口气，心情紧张地说。

“嗯，火还不小，你听，好像有救火车的声音……”马小哈的上牙直嗑下牙，说话的声音有些颤抖。

这两个孩子还是头一次见到火灾，他们被那赤龙般的火焰和飞腾的烟柱吓住了。火光闪烁，映着他们那惊惶而苍白的脸庞，也炙烤着他们的心。他们不约而同地把身子偎在一起，两只小手紧紧地攥着。

过了片刻，他们越发感到不安起来。

“怎么办？我们就站在这儿……”马小哈捅了一下吴小明，小声问。

一向有主见的吴小明，这时手足无措了。“你说呢？”他结结巴巴地说。

“不管怎么说，咱们不能袖手旁观。”

“对，那……我们也去……救火……”

“不，你甭去，你的脚起了泡，我一个人去。”

“要去都去，干吗把我撂下……”

说着说着，他们身上的勇气陡增，不像刚开始那样害怕了。他们忘却

了旅途的劳累，朝着火光冲天的榕树镇奔去。

榕树镇这场大火，就发生在冷饮店旁边那幢落成不久的高级宾馆，这是榕树镇唯一的高层建筑，着火的原因不明——有人说是煤气管道漏气引起爆炸，也有人认为是哪个旅客不慎扔下的烟头把地毯点燃，导致了这场大火。当马小哈和吴小明大汗淋漓地赶到现场时，只见民警封锁了那条街道，七八辆红色消防车喷射着粗大的水柱，一阵阵热浪夹着令人窒息的焦煳味扑面而来。

跟马小哈他们上次来时的情况完全不同，这时候大街小巷挤满了人，虽然民警一再劝说大家离开，可是谁也不肯动一动。马小哈和吴小明像小泥鳅一样，钻进人缝，一直挤到人群的最前面。他们这才看清楚，火势是从大楼的七层开始蔓延的，由于楼梯和电梯被烈焰封锁，无法通行，住在高层的旅客处境相当危险。

人群中发出一声声惊叫。火光中可以看见大楼高层的窗口和阳台簇拥着许多惊慌失措的男人、女人和孩子，他们狂呼乱叫，挥着手向楼下呼救。可是，尽管消防队员一次又一次向楼梯口冲去，因为火势太猛，他们不得不一次又一次地败退下来。而且，天旱多日，水源接济不上，楼层又太高，消防水龙的水柱无法喷射到高处。经过一番艰苦搏斗，火势不仅没有减弱，反而烈焰腾空，火舌蹿得更高，有几名消防队员企图从云梯上越过火区，攀登到楼房高处救人，结果被火焰灼伤了……

情况变得万分紧急，楼上旅客的生命危在旦夕，必须千方百计想办法把他们营救下来。

就在这时，围观的人群迅速闪开，从远处飞驰而来的一辆吉普车发出尖厉的呼叫，朝楼房跟前冲了过来。在现场指挥救火的消防队长和这家旅馆的经理，像见到救星似的立即迎了上去。人们看见，从吉普车里跳出几个身穿白大褂的人来。

起先，马小哈以为他们是医护人员，但是听见他们的对话，马小哈的脸上露出十分激动的表情。

“张教授！”马小哈兴奋地告诉吴小明。

从吉普车跳下的穿白大褂的人，的确是张教授和他的几名助手。他们是直接从实验室奔往现场的。当消防队长——一个身材高大、神色严峻的中年汉子简要地将情况告诉张教授时，他没有吭声，手托着下巴颏，凝望着眼前火光熊熊的楼房。

稍过片刻，张教授指了指火势较弱的侧面，向消防队长问道：“能不能把水龙集中起来，把那个地方的火势压下去，在楼房的墙上开辟一条通道……”

消防队长没有领会他的意图，连忙问道：“你的意思是……”

“是这样，我们带来一批刚试制成功的人工吸盘手，这种人工吸盘手套在手上，就可以自由地在墙壁上移动。我想，如果能在墙上开辟一条通道，不用太宽，有三四米就行，就可以派几个人把人工吸盘手送上去……”

“啊，太好了，这么一来，楼上的人就可以全部得救了。”那个耷拉着脑袋的经理听见张教授的话，高兴得直搓手。

“好吧，我们马上准备。”消防队长像军人一样把脑袋一昂，答道。

消防队长刚要转身，张教授上前一步，叮嘱道：“请你找几个人来，我来告诉他们人工吸盘手的操作方法。”

“是。”消防队长答道。

这番对话，马小哈和吴小明听得清清楚楚。当张教授走向吉普车，吩咐助手把人工吸盘手全部卸下来时，马小哈灵机一动，把身上的背包和书包统统塞给吴小明，一个箭步蹿到张教授跟前。

“张教授！”他兴奋地喊道。

张教授猛地回过头来，不禁又惊又喜：“是你，你怎么会在这儿？”

胸有成竹的马小哈立即央告地说：“叔叔，把这个任务交给我吧……”

张教授一愣，连忙问道：“什么任务？”

“我把那个人工……什么手送上去，我保证，一定能送到，你同意吧？好不好？”

“你？！”张教授一时语塞了，他的心里一阵发热，站在面前的这个孩子显然使他大受感动。他瞅了瞅高耸的楼房和那像火龙一样飞旋的火舌，说道：“不行，那太危险，坚决不行！”

“我个子小，身体灵活，在学校里比赛爬竿，我还是全校第一……”马小哈连忙补充道。

张教授没有理会马小哈，这时，几位膀大腰圆的消防队员走了过来，领头的一个消防队员瓮声瓮气地问：“教授，什么任务呀？”

谁知他的话音刚落，马小哈在一旁嚷道：“任务早给我了，没你们的份儿！”

那个消防队员没有提防会冒出个孩子和他争任务，不禁怒气冲冲地吼道：“去，去，去，你跑来瞎掺和什么，到一边儿去！”

马小哈和吴小明被维持秩序的民警拉到一边去了。

张教授接着把人工吸盘手的操作方法告诉消防队员：“注意，移动的时候，千万不能两只手同时动作，只能移动一只手，另一只手要死死地贴着墙面，等这只手固定住了，再移动另一只手。还有，只要手掌轻轻用力，使吸盘掀开一点儿缝隙，吸盘手就能够慢慢揭开……你们记住了没有？”

“明白了！”消防队员大声回答道。

站在不远的马小哈也随声附和道：“我知道了！”

这时，所有的消防车开了过来，喷出了白花花的水龙；高大的云梯高高昂起，拼命向燃烧的楼房伸去。在一声激动人心的口哨声中，水柱像无数银龙扑向楼房侧面的火区，顿时，那一片烈焰腾腾的火海像遭到倾盆大雨似的，先是火苗减弱，继而出现了烧焦的墙壁。

就在这一刻，张教授突然想起马小哈来了。他想，人工吸盘手是刚刚试制出来的，它能否承受一个人的体重，虽然在理论上不成问题，但还要经过反复实践检验。眼下这些消防队员一个个人高马大，倘若他们一上去就失败了，别人岂不是更不敢使用，不如也让身体轻巧的马小哈试一试。于是，他把马小哈叫过来，把自己的想法告诉消防队长，说："这位小同学个子小，体重轻，我想让他也参加试一试，看看人工吸盘手的性能……"

消防队长想了想，觉得此刻也别无办法，便叮嘱消防队员注意保护马小哈的安全。"务必做到万无一失！别出什么问题……"他阴沉着脸说。

马小哈又激动又兴奋，吴小明在一旁可沉不住气了。

"小哈，千万小心呀！"吴小明心里七上八下，喊道。

那三个挑选出来的消防队员像戴手套一样，套上了乳白色的人工吸盘手，头上戴着一顶头盔。他们的背上都背了一包人工吸盘手。

张教授帮马小哈的双手套上了乳白色的人工吸盘手。为了安全起见，消防队长给马小哈穿上特制的防火石棉服，同时告诉他应该注意的事项。"你跟在叔叔们后面，小心点……"消防队长一再叮嘱。

"上！"神色紧张的消防队长大声喊道。

一场和烈火的搏斗就这样决定下来。消防队长一声令下，他们冲到楼房跟前，接着纵身一跳，像壁虎一样贴在墙上了。马小哈的心情十分紧张，小脸蛋憋得通红，他深深地吸了几口气，像在学校里参加爬杆比赛一样，憋足了劲儿迅速移动双臂。说也奇怪，人工吸盘手像是有一股魔力似的，当他的手一接触墙面，就像磁铁一样牢牢吸住；他要向上移动，只要轻轻一抬，人工吸盘手便离开吸附的地方。他按照张教授的吩咐，有节奏地移动双臂，很快爬到了起火的第七层。

这时候，楼下的人都捏了一把汗。虽然在马小哈他们的下方拉起了安全网，大家仍然担心发生意外。张教授的心情更加紧张，他目不转睛地注视着马小哈的一举一动，消防队长像临阵指挥一样，对着手提式扩音喇叭不断地提醒马小哈和另外几个消防队员。

在众人的目光中，马小哈在七层的窗台歇了一会儿。这时，他的全身被淋得湿透了，高压的水柱打在墙上溅起一阵阵水雾。他抹了抹脸，定睛看了看烧焦的墙壁，纵身向上一蹿，又贴附在墙上了。

这时，等候在上面几层阳台的人们伸出了一双双手，他们兴奋地叫唤，抑制不住自己的激动。楼下的人们也发出一阵阵欢呼，是赞扬，是惊叹，也是期待。

但马小哈什么也没有听见。他咬着牙，一步一步地向上移动。当他越过刚熄灭的一段最危险的火区时，他觉得有点头晕，胳膊的肌肉一阵痉挛，但他仍然没有停止移动。“向上，向上……”他的耳朵里像是有无数的声音重复着。

突然，他抬起的右臂被一只强有力的手抓住了，接着他的身体悬空起来，就在这时，一阵暴风雨般的欢呼声从楼上、楼下响了起来。

成功了。马小哈和几个消防队员胜利地到达了楼房的第十层，把生的希望带给了围困在楼上的人们。他们带去的人工吸盘手发挥了作用，所有的人都顺利地爬下了高楼。

人们安全脱险了……

马小哈和吴小明在榕树镇歇了一夜，第二天又要继续他们的旅行了。对于马小哈的勇敢精神和他在抢险救火中的表现，大家都非常称赞，电视台记者要来采访他，少年宫要请他做报告，镇上的领导同志还要接见……

马小哈一听这个消息，心里可着了慌。他对吴小明说：“我们快走吧，要不我们会脱不开身……”

吴小明听他说得有理，也表示同意。

就在他们收拾行装时，张教授匆匆赶来，一见他们穿戴得整整齐齐，忙问：“怎么，要走吗？”

马小哈他们和张教授已经是老朋友了，几乎无话不谈。当他说出自己的想法时，张教授沉吟片刻道："也好，我也特别怕见新闻记者，你们就按自己的计划出发吧。"张教授说，"欢迎你们返回时到我家里做客，一定来。"

"张教授，我们俩刚才商量着，要向你索取一件东西，不知道你肯不肯给……"吴小明涨红着脸说。

"我知道，你们不说我也知道。"张教授出乎意料地从书包里拿出两个用塑料袋装好的东西，说，"是不是这个？"

马小哈伸手接过来，打开塑料袋，里面是一双崭新的人工吸盘手。"就是它，太谢谢了！"他眉飞色舞地说。

"不用谢。如果说要谢的话，我首先还要感谢你，因为是你第一个完成了试验。"张教授抚摸着马小哈的脑袋说。

"不过，我始终不明白，这个人工吸盘手怎么会有那么大的力量，能够承受一个人的体重呢？"爱动脑筋的吴小明问道。

张教授听见吴小明的提问，笑了起来。"你们忘了上次在冷饮店里逮住的苍蝇吗？我当时就告诉你们，在许多方面，我们人类是比不过苍蝇的，我们要向它学习，当然也要向别的昆虫学习。"他说。

马小哈一时没能理解张教授话的意思，他瞅了一眼手里拿着的人工吸盘手，问张教授："苍蝇，它和这个有啥关系？"

"当然有关系，人工吸盘手就是向苍蝇学习的结果。"张教授说，"你们不是看见过吗，苍蝇可以自由自在地在墙上爬行，光滑的玻璃上，它们也能够爬上爬下，甚至还能够像杂技演员一样，头朝下，脚朝上，贴着天花板，从来不会掉下来。"

"对，我见过。"马小哈点点头。

"那是为什么呢？"吴小明继续问道。

"秘密就在苍蝇的脚上，用电子显微镜可以看得很清楚，苍蝇脚的构造非常特殊，上面有一个吸盘，同时还能分泌一种黏液，苍蝇就是依靠这种得天独厚的装置，才能够飞檐走壁……"

“啊，我知道了，人工吸盘手是模仿苍蝇的脚制造的，怪不得那么灵巧。”

“对，我们是从苍蝇的脚得到启发，然后用人工的方法加以仿造。当然，苍蝇值得我们研究的并不限于它的脚，还有很多很多……”张教授补充道。

“还有什么？”性急的马小哈兴致勃勃地问。

“要回答你这个问题，不是三言两语可以解释清楚的。还记得吗，我们第一次见面时，在那株大榕树下，我不是说，你们是在桃花村的牧羊人那里住了一宿吗，当时你们还怀疑这怀疑那。”张教授顿了一下，接着说，“实际上，这也是苍蝇的功劳。你们大概知道，苍蝇的嗅觉特别敏锐，它们能从很远的地方嗅出微乎其微的气味，然后跟踪而来。这是因为苍蝇的触角上分布着嗅觉感受器，每个感受器都有上百个神经元，对各种物质挥发的气味感觉特别灵敏。我们根据这个原理，设计了一种气体检测仪，它可以测出各种微量的气味。并且能够分辨是什么物质挥发出来的。那天，我就是根据气体检测仪的测定，嗅出你们身上有一股羊膻味。在那一带，只有桃花村住了一户牧羊人，这是谁都知道的。”张教授终于亮开了谜底。

马小哈还在一个劲儿地问：“噢，那天我怎么没有见着什么气体测定仪呀？”

“你呀，真是打破砂锅问到底。”张教授笑道，“仪器就在那个捕虫网上呀！”

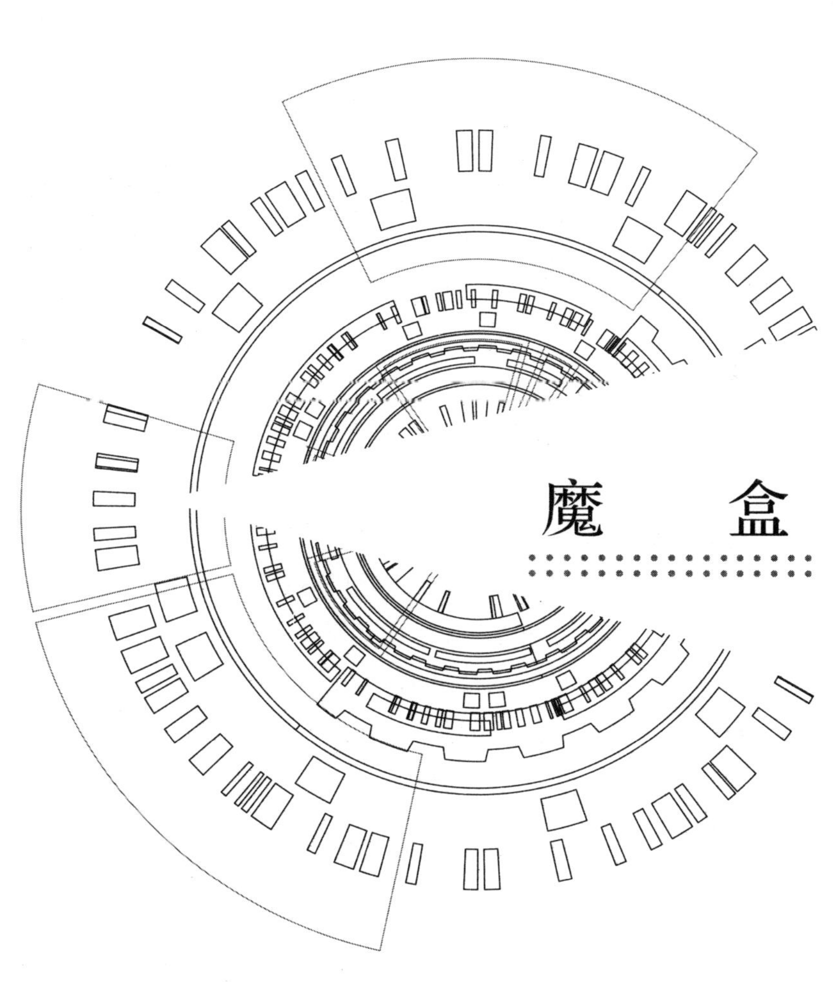

魔　盒

坐落在体育馆旁边的这家冷饮店，占据半个门面的玻璃窗上装饰着一个极大的“冰”字，远看很像一块大雪糕。每逢经过这里，马小哈的两条腿就像被磁铁吸住似的不能动弹了。这天下午，从体育馆看完球赛出来，马小哈照例走进这个清凉世界，他要了一块雪糕和一瓶冰镇汽水，在靠墙的一张方桌上美美地享用起来。

在他的对面，坐着早来的两个顾客，他们只顾谈话，面前的一杯冰激凌已经开始融化，谁也没有用舌头去碰一下。

马小哈对这两个顾客并没有十分注意，他一面狼吞虎咽地把一块大雪糕消灭干净，接着向那瓶汽水发动进攻，一面仍然在脑子里回想刚才那场鏖战。这场球打得太精彩了，双方的争夺十分激烈，但是他感到最遗憾的是吴小明没有来。吴小明是马小哈同班最要好的朋友，就拿今天这场球赛来说吧，马小哈一买票就是两张，他知道吴小明和自己一样，也是个足球迷。他们约好今天一块儿来看球，在体育场见面。“不见不散。”吴小明昨天亲口这样说。可是比赛结束了，马小哈旁边的座位仍然是空着的……

“这个吴小明，真不像话，待会儿得找他算账……”马小哈心里暗暗抱怨道。

可是，马小哈立即又想到，吴小明是个守信用的人，说话是从来算数的。再说今天是星期天，吴小明有什么理由不来看球呢？马小哈呆呆地望着还剩下一半的汽水瓶，不想再喝了。

突然，桌子对面的两个顾客不知因为什么争论起来，马小哈不由得把目光移向他们。

戴眼镜的瘦高个子中年人十分自信地说：“放心，有百分之百的把握，我已经做过多次试验……”

另一个老头儿用手摸了摸秃秃的脑门，嘴角浮出一丝笑意，打断对方道：“百分之百？不要口气那么大。如果中途出了故障怎么办？你想过吗？”

“不！完全不需要这样的假设。”瘦高个子涨红着脸反驳道。

“这不是什么假设不假设。”老头儿用咄咄逼人的目光直视对方，神情严肃地说，“应该估计到这种可能，哪怕是万分之一的例外。”他停顿了一下，又接着说，“要知道，我们的对象是人，而且是垂危的病人，不是你的小白鼠……”

中年人对老头儿的一顿抢白并没有生气，反而笑了起来。“我知道，你不信可以试试。我们在设计时已经估计到种种特殊的情况，而且采取了相应的措施。”他解释道。接着他又向老头儿讲了一通深奥的道理，中间还夹着一些外文，马小哈一句也没有听懂。

“那好吧，带来没有？”老头儿待对方说完，又问。

“当然，已经给你准备好了。”中年人说着把手指伸进胸前的口袋里。

这当儿，马小哈的一双大眼睛就像钟摆，随着他们一问一答不住地来回转动。不过，他的脑子里却出现一个大问号，他们谈话的内容，就像打哑谜似的使他摸不着头脑，而且他对这两个奇怪的人也产生了怀疑。

这时，那个中年人从口袋中取出一个皮夹子，打开皮夹子，里面是一个清凉油一般大小的金属盒子，他像是捧着一碰就碎的玻璃那么小心翼翼地用手托着，放在老头儿面前。那个盛气凌人的老头儿连忙欠身凑过来，眯缝着眼睛仔细端详，脸上的表情显得十分庄重。

他瞥了对方一眼，低声问道：“这盒里面一共装了多少个？”

“500个！整整一个大医院的人力，够您用的吧？”对方颇为得意地答道。

“啊，真了不起。”老头儿轻声赞叹道，脸上头一次绽开了笑容。

中年人轻轻旋开金属盒子的盖子，他和老头儿的脑袋几乎相碰，两个人的目光都集中在那个神秘的盒子上。

这时，马小哈被强烈的好奇心所驱使，情不自禁地伸长脖子，把脑袋也伸了过来。他感到非常奇怪，盒子里究竟装了500个什么呢？

当他隔着桌子，把上身凑过去想看那只神秘的盒子时，一不小心，胳膊碰倒了汽水瓶子，只见瓶子在桌子面上滚动，接着翻了个跟头，便掉到桌子底下去了。

“砰！”汽水瓶子摔得粉碎。老头儿和中年人忙捂住盒子。

他们回过头来，和满脸尴尬的马小哈打了个照面。

“你干什么？”中年人睨视了他一眼，抱怨道。他小心翼翼地把金属盒子盖牢，放进皮夹子。

“没有掉出来吧？”老头儿望了望马小哈，又望着中年人，担心地问。

“好险，如果掉出来，事情就麻烦了。”中年人忍不住又瞥了马小哈一眼，接着把皮夹子递给老头儿。“行了，别在这里瞧了。”

说罢，他们站了起来。就在他们即将分手，离开冷饮店时，那个中年人又问：“秦老，今天晚上的手术，要不要我来参加？”

“那是当然，你不说我也要请你来。显微外科的设备我们带上，你得带上电脑遥控器。晚上8点钟开始，我现在回去做些准备。最主要的还是先熟悉一下你这个宝贝玩意儿……”老头儿说。

“在哪儿？还是在你们医院里吗？”中年人又问。

“对了，现在的手术多半在病人家里进行，用不着送医院。”说罢，老头儿把地址告诉了中年人，“我派车去接你……”

“新华街75号……3单元……402室。”那个中年人一面重复了一遍，一面记在自己的小本上。“不用派车，我自己开车去。”

马小哈呆呆地看着他们离开冷饮店，直到他们从视线中消失，这才想起收拾地下的玻璃碴子。真懊丧，金属盒子里面的秘密没有看到，还摔碎了一个瓶子。

马小哈回到家，妈妈已经上夜班去了，桌子上放着留给他的晚饭。当他走到餐桌边，只见一个饭碗底下压着一张便条，是吴小明写的，上面写着：

小哈：我奶奶突然中风，情况十分危急。下午的球赛不能和

你一道去看了。请原谅。小明

在这张纸条的旁边，是妈妈的笔迹：“小哈，吃过晚饭，你去小明家看看他奶奶。有什么事给我打电话。”

马小哈看罢纸条，不由得想起吴奶奶慈祥的面容，每次到吴小明家，吴奶奶总是那样和蔼可亲，拿出水果点心来让他吃，关心他的学习，嘘寒问暖……“这样好的老奶奶，怎么突然得了中风呢？”他想。

马小哈三口两口把晚饭填进了肚子，然后急忙出门去找吴小明。马小哈下了公共汽车又上了电车，接着又坐上了趟地铁。当他从地铁站走出时，电报大楼的钟声正好敲响20点。

天早已黑了，大街上的路灯明晃晃地直耀眼。马小哈加快步伐朝前面走去，一双大眼睛不住地朝大街一侧的楼房搜索。吴小明的家是新华街75号，这不会记错。不过，就在他从一幢幢火柴盒式的楼群中好不容易找到75号时，马小哈突然想起下午在冷饮店遇到的那两个人，那个秃顶的老头儿和戴眼镜的中年人，他们不是也说要来新华街75号3单元402室吗？

“怪了，他们到吴小明家去干什么呢？”马小哈搔了搔脑袋。

“对了，他们好像是说8点钟要做手术，也许就是给吴奶奶动手术吧……”马小哈拍了一下脑袋，自言自语道。

“这样看来，吴奶奶也许有救了。”马小哈顿时高兴起来。

马小哈一进吴小明的家，事情果然不出所料，吴小明把他拉到过道一旁悄悄地告诉他，他奶奶正在卧室里动手术。

“是不是一个秃顶的老爷爷，还有一个戴眼镜的伯伯？”马小哈问道。

吴小明大吃一惊，他眨巴眨巴眼睛，朝马小哈上下打量，好像不认识他似的。

“怎么，不是他们？”马小哈被吴小明看得直发毛，奇怪地问。

“不，不，我是说，你怎么会知道。”吴小明结结巴巴地说，“秦教授下午坐飞机从上海赶来，刘教授接到爸爸的电话，今天才从研究所回到城里，他们研究所离这儿很远。你的消息怎么这么快？”

马小哈避而不答吴小明提出的疑问。“你们放心吧。”他望着吴小明，又对一旁愁眉不展的吴小敏——她是吴小明的妹妹——说，“奶奶的病会好的，我亲耳听见那个戴眼镜的……”

“他是刘教授。”吴小明连忙纠正他。

“对，是刘教授，”马小哈接着说，“刘教授说，百分之百的把握，绝对没有问题。”

“真的？你真的听说了？”吴小明和他的妹妹不约而同地问，他们对马小哈那样肯定的口气半信半疑。

“当然，”马小哈双手比画着说，“你们知道吗，刘教授把一个盒子交给秦教授，这么大，是金属制作的，闪闪发光，那是一个魔盒……”

“魔盒？！”

“嗯，一点儿不错。盒子里有500个什么来着，对了，500个医生，秦教授是这样说的。你想想，500个医生给你奶奶瞧病，什么病治不好？”

吴小明听马小哈说到这里，舒展的眉头又紧锁起来。他觉得马小哈的玩笑开得太过分了。再说，开玩笑也得分什么场合，人家心里急得火烧火燎的，还有心思开玩笑吗？

想到这儿，吴小明把脸扭开，不去理会马小哈。

马小哈没有料到自己一番好心反而遭到这般冷遇，感到十分委屈。他怏怏不快地朝房门走去。他打算回家去了。

不料他在慌忙中走错了方向，反而朝着通向吴奶奶卧室的那扇门走去。当他刚刚走到紧闭的门前，房门突然大开，里面冲出一个人来，和他撞了个满怀。

这人摘下大口罩，马小哈一眼认出，他就是在冷饮店见过的秦教授。此刻他换了一身白大褂，秃顶的脑袋戴了一顶白帽子，脸上流露出难以抑制的喜悦。

他用手扶住和他相撞的马小哈，定睛一瞧，不禁惊愕地打量着他：“哟，怎么是你？”

“秦教授，吴奶奶情况怎么样？”马小哈灵机一动，忙问。

这时，坐在门厅里的亲友全都围了上来，大家七嘴八舌地提出同样的问题。

“请大家放心，手术非常成功。”秦教授满面春风地朝众人说，“老人家已经脱离了危险，只需要休息个把星期，就可以下地了……”

这番话就像一阵春风廓清了房内笼罩的愁云，人们顿时活跃起来，一个个喜笑颜开，争着向吴小明的爸爸妈妈祝贺。吴小明的爸爸更是激动万分，上前握住秦教授的手，只顾使劲地摇，不知说什么才好。

“秦教授，这可是医学上的奇迹！”一个身材修长，有一双长辫子的阿姨挤上前说道。她是急救站的医生，吴奶奶中风后是她第一个赶来抢救的。“能不能告诉我们，您用了什么特效药呢？”她涨红着脸问道，因为她一直认为吴奶奶是没有希望的。

这时候，那个戴眼镜的刘教授从里屋伸出头来，召唤吴小明的爸爸和妈妈进去。秦教授一见他，就像搬来救兵似的，把刘教授拉到众人面前，说道：“手术之所以能够成功，完全得力于刘教授的最新发明，还是由他给你们谈谈吧……”

“不……不……还是你谈吧，我还得收拾收拾……”刘教授摆了摆手，转身又进入里屋。

秦教授只好对大家说：“那就由我来介绍吧。不过，我要事先申明，这项发明完全是刘教授的独创，我只不过是应用他的发明而已。”

他停顿了一下，接着又说：“大家可能不知道，刘教授并不是医生，而是一位著名的机器人设计专家。不过，他设计的机器人并不是我们通常见到的庞然大物，和真人差不多大小的机器人。用他们的行话来说，他研制的是超微型机器人，超微型就是比微型还要小，具体地说，从几厘米到几毫米，最小的只有一厘米的百万分之一，只能在电子显微镜底下才能看清，叫作纳米机器人……”

“秦教授，治疗中风和机器人有什么关系呀？”那个长辫子阿姨插了一句。

“对了，我马上就要回答这个问题。”秦教授笑着说，“刘教授研制的这种超微型机器人，根据不同的应用目的，在它们的超微型电脑里贮存了不同的控制程序。以医疗领域的超微型机器人来说，它们就像一个现代化医院，有各种不同专科的医生一样，每个机器人都有一种专长，比如这种机器人专门清除病灶，另一种专门缝合破裂的血管，另一种专门具备识别某种病菌的能力，而且一旦发现病菌就会跟踪追击，直到把它们消灭……

“吴奶奶患的是脑血栓，大家知道，这种病是很麻烦的，因为大脑的微血管一旦被堵塞，势必影响大脑的功能，轻者中风，导致局部瘫痪，重者当然有生命危险。吴奶奶因为年事已高，血管硬化，大脑局部的微血管已经破裂，形成脑出血，情况相当危险。在通常情况下，这种病的死亡率是很高的……”

“啊，我知道了。”又是那个年轻的急救站医生打断秦教授的话说，“你们一定是用超微型机器人清理血管中的血栓，把破裂的脑血管缝合起来，对吗？”

秦教授含笑地点点头说：“你说的完全正确。我们选择几种具有特殊功能的纳米机器人，这是最小的机器人，通过皮下注射的方式进入体内，然后通过电脑遥控器和显微放大屏幕，操纵机器人执行手术方案，达到治病的目的。”说到这里，秦教授带有总结性地说：“有了这些纳米机器人，许多目前难以进行的手术就可以由它们去操作，我们只要操纵电脑，在一旁指挥就行了……”

“呀，这真是太妙了。”众人听罢，连声称赞。

这时，马小哈壮起胆子向秦教授问道：“秦爷爷，机器人是装在那个魔盒里的吗？500个机器人？”

“魔盒？”秦教授一愣，但立即恍然大悟，不禁哈哈大笑起来。“对，你说得对，那真是个魔盒，里面有500个神通广大的医生。当然，这些医生都是超微型的机器人，最小的纳米机器人只有百万分之几厘米那么一点儿，肉眼是看不见的。”

马小哈也开心地笑了，他望着吴小明，似乎是在说：“你瞧，我没有瞎说吧！”

吴小明跑上前，紧紧地和他拥抱着，还贴着马小哈的耳朵，悄悄地说：“对不起，我错怪你了……”

屋子里弥漫着欢快的笑声。

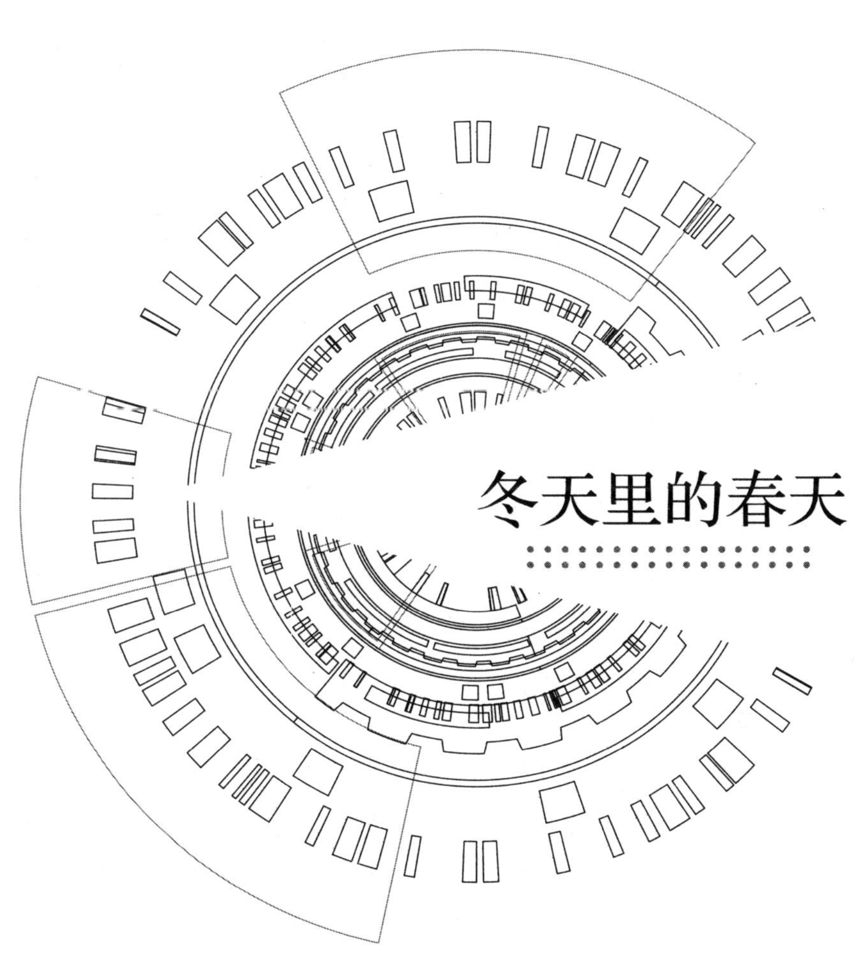

冬天里的春天

一

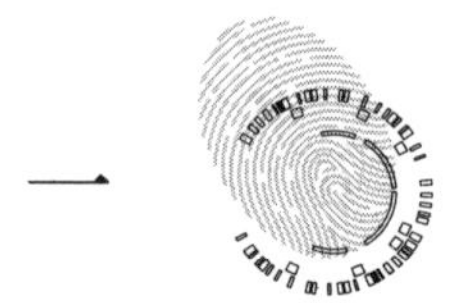

马小哈往后退了一步，接着又后退了一步，他全身肌肉绷得紧紧的，处于高度紧张状态。当他做了一次深呼吸，摆出一副向前冲刺的姿势时，耳边响起一阵刺耳的哄笑声，顿时，马小哈的脸蛋红得像煮熟的龙虾，连耳根也火辣辣地发烧了。

要知道，这并不是在体育场进行跳远比赛。这里是一个海港码头，马小哈神情尴尬地站在码头边的趸船上，对面不远，就是他将要搭乘的那艘雪白的客轮。只不过开船的时间已到，启航的汽笛早就鸣叫了三次，连登船的跳板也撤了。于是，误了上船的马小哈急中生智，不得不在众目睽睽之下，采用这样原始的方式跳上船了。这当然是相当危险的。

马小哈怎么会误了上船呢？

半个小时前，马小哈在码头的检票处排队等候上船。这时，他的姑父临时想起到附近不远的一个邮亭买份晚报，供旅行时消遣，离开时他还嘱咐马小哈不要乱动。可是姑父前脚刚走，马小哈就被一阵锣鼓声吸引过去了。那是一伙在街头变把戏、耍猴子的江湖艺人，正在招揽生意，把锣鼓敲得震天响。马小哈钻进人群，顿时忘记一切。他看得那样开心，那样专心致志，小猴子真可爱，翻跟斗，倒立，还立起来向人作揖……每演完一个节目，马小哈都拼命地拍巴掌。时间在他身边悄悄溜走了，如果不是这场街头演出被警察驱散，说不定马小哈今天晚上要在露天里过一夜呢。

当人们一哄而散，马小哈突然想起他此行的目的时，码头检票的地方已空无一人。这下他慌了神，撒开腿冲上趸船。这时，轮船的发动机轰隆作响，几个膀大腰圆的水手解开了拴在趸船上的缆绳。“等一下，等一下，我还没有上船！”马小哈扯起嗓子喊起来，好像这艘船是一只听话的小鸭子。

他的姑父杨志新——一个三十七八岁的海洋动力学家，这时正在船上到处找他。因为他买完报回来，排队的旅客开始检票上船了，可是找不见马小哈的影子。正当他急得满头大汗时，船舷一侧传来的哄笑声引起他的注意，等他跑到船舷朝外一望，他的脸唰地煞白了。

“小哈，小哈，快……快跳！”这位举止一向稳重的海洋学家一见侄儿还留在趸船上，立即叫唤起来。

马小哈也顾不上人们的哄笑了。他看准了轮船底舱的甲板，像跳远选手一样做了一个怪滑稽的辅助动作，一阵快跑，然后一个弹跳。就在这时，一位水手伸手接住了他，还算不赖，他的双脚稳稳当当地落在甲板上了。

“你呀，什么时候才能改掉你这个马马虎虎的毛病！”气急败坏的姑父劈头喝道。

马小哈没敢吱声，偷偷地吐了下舌头，一溜烟地跑进了船舱。

我们的马小哈就这样极其精彩地开始了他的航行生活。

在这小小的序曲结束之后，轮船在海鸥的陪伴下离开码头，朝着夕阳映红的滚滚波涛平稳地驶去了。随着海上生活的开始，马小哈刚才那一阵不愉快的情绪很快也烟消云散。尽管姑父板着面孔对他颁布了严厉的“约法三章”，不许在船上乱跑，不许这样，不许那样，马小哈也一一做了庄严的保证，可是他低着头，眼睛却偷偷地瞟着舱外。几分钟后，姑父刚转过身去看报时，马小哈就悄悄地溜出去了。

这是初冬的一个傍晚，甲板上风挺大，旅客纷纷躲进温暖而拥挤的客舱去了。马小哈根本不知道冷似的，他 会儿从船头跑到船尾，一会儿像只调皮的猴子攀着狭窄的舷梯，“噔噔”地从底舱爬上顶层甲板。也难怪，他是头一回在海上航行，什么都觉得新鲜，而且他要去的那个小岛有一个很美丽、很动人的名字——珍珠岛，这一切都不能不使他激动万分。除了驾驶室和机舱他没敢贸然进去，因为那里挂着“闲人免进”的牌子，船上所有的地方他差不多跑遍了。最后，他觉得还是甲板上最好玩，于是他又跑上船尾后甲板，倚着冰凉的铁栏杆，眺望着船尾后面几只盘旋的海鸟了。

在旅途中的人们是最容易混熟的，尤其是孩子们，有时只需要短短几分钟，两个素不相识的孩子便可以成为好朋友。此刻，马小哈和一个跟他年龄不相上下的男孩谈得可欢呢，尽管他们认识才五分钟。

“喂，珍珠岛大不大？上面有没有海滩？能捡到漂亮的贝壳吗？有海星、海葵、海胆吗？”马小哈听那个男孩说，他们家就住在珍珠岛上，立即兴致勃勃地向他打听。

那个男孩长得矮矮墩墩，红苹果般的脸蛋上有一双乌亮的大眼睛，看起人来忽闪忽闪的。马小哈听他自我介绍，他叫夏海娃，他的父亲就是珍珠岛海水养殖场的场长。

海娃一听马小哈问起自己的家乡，不禁颇为自豪。“那还用说，我们珍珠岛可好呢！山坡上是一片一片的苹果园，海边上有的地方是平展展的海滩，有的地方是很高很陡的石壁。我告诉你，你可得保密，今年夏天我还找到了一个挺大的岩洞，离海边不远，别人谁也不知道。我在那里捡到好多特别漂亮的贝壳……”海娃说到这里，突然想起什么似的，眨巴眨巴眼睛，问道：“喂，我还没问你，你是到哪儿去呀？”

“珍珠岛呀，就是上你们那儿！”马小哈笑着告诉他。

海娃一听，高兴地拍了一下马小哈的肩膀。他的手劲真大，尽管马小哈穿着厚厚的羽绒服，肩膀仍然感到有些发麻。

“嘿，太好了。我可以给你当向导。”海娃说，“哎，你到珍珠岛去找谁？以前我怎么没有见过你呀？”

“我是头一回去，你当然没有见过我。我姑姑在岛上搞研究工作，听说她是研究珍珠的……”

“啊，我知道了，你姑姑是不是那个戴眼镜、说话顶和气的马工程师？”海娃接过马小哈的话问道。

“对呀对呀，你怎么认识我姑姑的？”马小哈感到十分奇怪。

“你看你的记性，我不是告诉了你，我爸爸是海水养殖场的场长吗？你姑姑就在我爸爸的场里搞研究，我常见到她。”海娃答道。

就在这两个孩子越谈越近乎、越谈越起劲的时候，在他们住的客舱里，海娃的爸爸夏场长和马小哈的姑父杨志新也谈到十分投机。

原来杨志新和马玉华——马小哈的姑姑——都在国家海洋中心从事研究工作，只是他们两人的专业不同，马玉华专攻海水养殖，杨志新从事海洋物理和动力开发的研究，尽管他们在一个大单位，见面的机会却不多。马玉华在珍珠岛进行人工养殖珍珠的试验，已有好几年了，杨志新则常年在茫茫大海过着漂泊不定的生活。这次，杨志新是利用短暂的假期专程去看望马玉华的。碰巧马小哈放寒假，姑父便带他一道来了。

杨志新在谈话中听说夏场长认识马玉华，而且她的试验就在夏场长负责的那个海水养殖场进行，连忙问：“我已经好长时间没有接到她的信了，不知道她的研究现在进行得怎么样？”

“不太顺利，”心直口快的夏场长答道，他叼着一只琥珀色的烟斗，坐在舱房的床沿上慢吞吞地说，“你大概知道，马工程师养殖的那几种珍珠贝是经过特殊处理过的新品种，和我们岛上的那种土生土长的珍珠贝不一样。这两年一到冬天，当地土生土长的珍珠贝都长得很好，可是她培育的珍珠贝就不行，大批大批地死亡……”

“那是怎么回事呢？找出原因了吗？”披着米色风雨衣的杨志新，倚着舱房里一张固定的小桌，双手捧着茶杯问道。

“据马工程师讲，主要是寒潮一来，海水温度降低，这种新培育的珍珠贝适应性较差。”夏场长抬起眼睛，注视着站在对面的杨志新说，“不

是我不支持马工程师的试验，说老实话，据我看，她的试验成功的希望并不大。”说到这儿，夏场长突然竖起耳朵凝神倾听舷窗外面的动静。“你听！”他轻声地对杨志新说。

杨志新立即转过脸，望着嵌在舱壁上那扇圆形的舷窗。外面很静，除了轮舱沉闷的隆隆声和海浪有节奏的喧嚣声，隐约之间听得见一阵呼啸的风声，风声越来越大。

“你是说……”杨志新回头问道。

“寒潮！”夏场长像是解释似的告诉他，“你听见的就是威胁我们珍珠岛的寒潮，每年这个时候，它就从西伯利亚和蒙古高原奔来，不光是马工程师的试验受影响，岛上的果树和没有成熟的庄稼也遭到很大的损失……”

说到这儿，他们不约而同地推开舱门，跑上风声大作的后甲板。马小哈和海娃一见他们，连忙迎了上来。可是一见大人脸上的严峻神色，他们把要说的话又咽回去了。

四双眼睛一齐移向船台上空。那里，浓墨般的乌云正在从遥远的海平线上向天顶集结，渐渐遮住整个蓝天。海水骚动起来，在狂风的推搡下翻滚奔突，掀起排山倒海的浪涛。船尾上那面旗子像是被一只无形的手撕扯着，呼呼作响。他们脚下，甲板急剧地晃动起来，使人站立不稳。

正在这时，一排巨浪吐着白沫扑上了甲板，他们不敢逗留，连忙返回船舱。

这一夜，马小哈睡得很不安稳，哄笑声、海浪声、风声以及奇奇怪怪的叫喊声纷至沓来，整整折磨了他一夜。

二

珍珠岛西面濒临大海处是一溜高耸险峻的危崖。清一色绛红色的岩石，从海上望去，气势相当雄伟，尤其是日落时分，那壁立千仞的陡崖笔直插入万顷碧波，宛如一座燃烧的赤壁，光华四射，耀人眼目。因此，自古以来，人们称它丹崖山。丹崖山顶巅，有一片蓊郁苍翠的古松林，松林之中有座殿宇轩昂的古庙，当地渔民称它海神庙，只是不知何年何月，庙里的泥胎木雕的菩萨“飞天”而去，剩下空荡荡的一幢大殿，如今已改作海水养殖场的场部，马小哈姑姑的宿舍兼工作室就在大殿后面紧靠西边的一间厢房里。

马小哈在冷冷清清的古庙住了快一个星期。这几天，他像笼子里的鸟儿一样烦躁不安。杨志新和姑姑忙得不可开交，白天去海边的养殖场，晚上他们也不得空闲，继续在电脑上忙着。即使他们交谈，马小哈在旁边也插不上嘴，他们说的尽是专业名词，什么水温、盐度、海流、生长期……马小哈根本不知所云，也毫无兴趣。

按说，白天总可以到岛上四处溜达溜达吧，可是天不作美，打来珍珠岛那天起，淅淅沥沥的绵绵秋雨就一直下个不停，而且越下越大。白蒙蒙的雨幕在铅灰色的天空和毫无生气的田地上飘拂，海上笼罩了一层浓烟似的水雾，混混沌沌什么也看不见。大庙里本来人就不多，下起雨来更显得寂寞。马小哈真有点后悔莫及，早知道这样，他绝对不会跟着姑父来受这份罪了。

此刻，马小哈独自站在伸出厢房的走廊上，百无聊赖地望着对面大殿的房顶。雨还在下，雨水像小河一样顺着倾斜的房顶，从一道道瓦脊倾泻

下来，像一副珠帘悬在灰色的山墙上。他看得那样入神，几乎忘却了哗哗的雨声。就在这时，他的眼睛突然被一双手蒙住了。

马小哈一惊，即刻又高兴地叫起来。

“海娃！”他嚷道，同时用力挣脱那一双像钳子一般有力的手。

果然，站在背后的正是那个在船上结识的海娃，他披了一件蓝色的塑料雨衣，雨水还在往下滴。他也顾不上脱掉雨衣，风风火火地对马小哈说：“走，赶快……”

马小哈问：“上哪儿？你没瞧见雨下得这么大吗？”

海娃不由分说地拽着他，连声说：“有重大情况！待一会儿你就明白了……”

“你别骗我。”马小哈见海娃不像开玩笑的样子，顺手从墙边拿了一把雨伞，顺从地跟着海娃，然而他投向海娃的目光仍然是疑惑的。

“谁骗你谁是小狗！”海娃一面赌咒发誓，一面迈开大步，踏着大庙门外泥泞的道路朝海边走去。

马小哈暗自纳闷：海娃的闷葫芦里究竟装了什么药呢？他干吗这样鬼鬼祟祟，搞得这么神秘？他注意到，海娃是朝着丹崖山底下走去的，那是一片礁石林立的海岸，对此他更是觉得奇怪，因为谁都知道，那一带地形险恶，风浪又大，海娃干吗要把他带到那儿去呢？

当黑黝黝的礁石像一个个蹲伏在海边的怪兽，呈现在他的眼前时，马小哈停住了脚步。

“走呀，你干吗站着？”海娃转过身，催促道。

“你到底要上哪儿？”马小哈决定向他摊牌，“你要是不告诉我，我就不去了。”

“嘿！你……”海娃气得直跺脚，最后还是妥协了，“行，我告诉你，你可得保密。”他倒回来，走到马小哈身旁，然后贴着他的耳朵……

如果这时候有谁注意观察马小哈的表情，那才有意思呢。他起先皱着眉头，渐渐地，眉头舒展，接着那一对大眼睛忽闪忽闪的，嘴巴也张得大大的，露出无比惊讶的表情。

“救生圈？！”听海娃说罢，马小哈惊叫了一声，嘴里蹦出这么一句只有他们俩才明白的话来。

海娃的脑袋像鸡啄米一样不住地点着。

“上面还有字？”马小哈又问。

海娃“嗯”了一声。

马小哈又继续问：“就你一个人瞅见的？”

这时，海娃很得意地挺起腰板，露出满嘴的白牙，笑道：“那还用说，没有别人！”

“现在在哪儿？”马小哈一面四处张望，一面问道。显然，海娃告诉他的情况使他激动了。

一个小时前，海娃在海边一条泥泞的道上匆忙地走着。那阵子雨大极了，狂风卷着雨丝像鞭子抽打他的脸，使他睁不开眼睛。那件裹在身上的旧塑料雨衣，被风粗暴地又拉又拽，仿佛要从他身上剥掉似的。海娃双手使劲拽着衣襟，但仍然无济于事，冰凉冰凉的雨水像小虫子从领口不断地钻进他的脖子。

海娃勉强睁开眼睛想找个避雨的地方，可是大道一旁伸展着无遮无拦的庄稼地，另外一旁尽是犬牙交错的礁石，再过去就是白浪滔天的大海了。

正在左右为难，海娃猛然想起海边的那个秘密岩洞，对呀，进洞去躲一躲雨多好，那儿风吹不着，雨打不着……想到这儿，海娃毫不迟疑地离开大道，像只猴子似的，在礁石之间的狭窄空隙里拐来拐去，不一会儿，他已经置身于又干燥又安全的海边洞穴里了。

海娃把湿淋淋的雨衣脱下，搭在洞壁凸起的石头上，用袖口抹了一把满脸的雨水。洞外的雨仍旧下个不停。距离洞口只有几步远的地方，海水正在涨潮，喷吐白沫的浪花好像章鱼的触手朝岩石上翻腾，伴随着一阵阵轰雷似的巨响，听起来叫人惊心动魄……

海娃被大海的吼声震慑住了。他忘记了雨，也忘记了自身的存在，两眼直勾勾地望着那忽起忽伏的浪涛。蓦地，就在汹涌的巨浪在礁石上撞得粉碎，变成无数细小的水晶花时，海娃突然发现海上漂着一个奇怪的东西。

海娃告诉马小哈："那时，浪有山那么高，从老远的地方往礁石上冲过来，声音大得吓死人，浪尖尖上露出一个圆圆扁扁的东西。起先，我以为看花了眼，赶紧揉了揉眼睛。这时浪潮退了下去，圆圆扁扁的东西不见了。过了不大一会儿，浪又翻卷回来了，这一次浪峰腾得更高，差不离一直冲进岩洞的洞口。你说巧不巧，那个圆圆扁扁的东西像只飞盘，顺着大浪'扑哧'一声就冲到岸上来了……"

当马小哈跟着海娃兴致勃勃地钻进海边的岩洞时，海娃果然从洞里拖出一只圆圆扁扁的救生圈。这是船上常见的救生用具，防水帆布外面涂的一层乳胶，在海水中浸泡时间久了，已经发黑，上面布满褐色的、绿色的海苔，许多丑陋的贻贝和海笋在上面长得十分茂盛，一看就知道，这只救生圈在海洋里漂泊的日子不短了。不过，正如海娃所说，救生圈的两边隐隐约约还能看出三个红漆的字——"山田丸"。

"你瞧，这上面是不是有字！"海娃指着对马小哈说。

马小哈用手指头抠去沾在救生圈上的贝壳，仔细辨别那几个淡红色的字迹模糊的字。"山——田——丸，这是什么意思？"他不解地自语道。

"谁知道，兴许是一种什么药吧。"海娃眨巴眨巴眼睛，用拳头揉揉鼻子，自作聪明地胡乱解释，"上回我嗓子疼，大夫就给我开了几粒喉症丸，这山田丸兴许是一种咱们不知道的药丸……"他补充道。

"药丸？救生圈上干吗要写药丸？"

海娃这下回答不出来。他翻了翻白眼，然后说："管它呢，反正是白捡的，等天暖了带上它去游泳，保险可以游到很远很远的地方去……"

马小哈没有搭腔，他想，这只救生圈是怎么掉进海里的呢？是有人落了水，别人扔进海里的，还是有什么船在海上失事呢？如果是这种情况，这是一只什么船，船上的人是不是脱离了危险呢？

他越想越感到这是一件非同小可的事情。“海娃，这事儿得告诉你爸爸……”马小哈想了想，终于说道。

不料，海娃一听连忙摆手。“不……不，可不能让我爸爸知道……”他慌忙说。

“怎么啦？告诉你爸爸有啥要紧？”在马小哈的一再追问下，海娃最后吞吞吐吐地承认，他爸爸——夏场长从不允许他独自到岩洞来玩，因为这儿水深浪急，很容易出危险。

“啊，原来是这么回事！”马小哈笑着朝海娃打了一拳，“这样吧，咱们去找我姑姑和姑父……”他想了一个折中的方案。

三

天快黑的时分，马玉华和杨志新才从海边的养殖场姗姗归来。雨停了，阴霾笼罩的天空像是被一把剪刀从当中剪开一条窄缝，露出一块不规整的蓝天，上面缀着几颗闪烁的星星。从海上吹来的风，也变得柔和多了。

“明天气温还要下降，气象台预报，从蒙古高原来的一股强大的寒潮前峰已到达东北，今天晚上就要影响这带海区。”头上包着一块头巾的马玉华，蹬着一双高腰胶鞋，在回来的路上忧心忡忡地说，“我很担心那些珍珠贝，虽然它们在实验条件下长得不赖，你注意到没有，刚才我给你看的那几粒珍珠仅仅才长了一年，就有那么大的个儿，要是再有两年，前景是相当乐观的。”说到这儿，她用手掠了一下搭在额前的一绺柔发，继续说，“不过，这些珍珠贝经不住海水的低温，如果再来一场寒潮，那情况可就不妙了……”

当马玉华絮絮叨叨说个没完的时候，杨志新没有开口，他不知不觉地想到了过去。那还是他们在美国留学的日子，他记得马玉华当时正在从事海洋底栖生物的研究，有一天，马玉华神情激动地跑来找他，手里拿着一份海洋情报资料。她突如其来地告诉杨志新，她决定改变自己的研究课题，去从事人工培育珍珠贝的研究。起初，杨志新愣住了，几乎不相信自己的耳朵。因为他知道，对于一个科学家来说，改变专业研究的方向绝不是一件小事，它意味着放弃过去的一切努力，从零开始去重新开拓新的领域。杨志新当时曾经劝马玉华不要意气用事，但是马玉华却把手里的那份海洋情报递给他，要他看一看上面刊载的一则简讯。原来这则文字不长的简讯透露了一个重要消息：日本、东南亚和美洲的海洋生物学家利用我国北方海洋生长的一种珍珠贝，通过遗传工程的手段，改变了珍珠贝育珠的生理机制，在实验条件下培育出一种体积大、光洁度高、质量远远超过天然珍珠的超型珍珠。这则简讯还透露：一旦这种超型珍珠大量涌入国际市场，中国传统的珍珠出口将受到沉重打击，因为中国的天然珍珠以及用人工方法培育的珍珠，无论是体积大小，还是其他质量要求，都无法跟这种超型珍珠竞争。

看完这条简讯，杨志新完全理解马玉华的良苦用心了，他没有阻挡她，只是对她付出的牺牲感到惋惜——因为马玉华在海洋底栖生物方面所做的研究已经取得了很大的进展，如果继续搞下去，她肯定会做出成绩的。

马玉华见杨志新默不作声，茫然失神的眼睛凝视着夜色浓重的天空，不禁用手捅了他一下说：“喂，你在想什么呀？”

杨志新的思绪从缥缈的过去一下子回到了现实，他笑了笑，说：“我想起了过去，我还记得你当时说过的一句话：‘要为祖国的珍珠生产争一口气，培育出世界上最大最美丽的珍珠！’时间过得真快，转眼已经五年了……”

“唉，五年的时间过去了，我的实验却没有一点儿眉目……”马玉华忧郁地说。

他们默然了，沿着一条幽静的小路，朝着暮霭沉沉的丹崖山走去，各人想着各人的心事，忽然，杨志新停住脚步，像是想起什么似的问道：“玉华，你觉得问题的症结究竟在哪里？”

马玉华不假思索地回答：“道理并不复杂，尽管这种珍珠贝是这一带土生土长的品种，但是我们对它进行了基因工程的处理，改变了它的生理机制，因此它一方面具备了新的特征，像增强了育珠的机能、缩短了育珠的年限，一方面也丧失了某些固有的遗传特性，比方对寒冷和低温的适应性，就远不及它的祖先。所以一到冬天，就要将海湾内的珍珠贝取出来，放进实验场里，如果在天然条件下养殖，它们会因为海水温度骤然降低而死亡。”

“对，如果这个结论不错，我倒是想起一个简单的解决办法……”

“什么办法？”

“把你的实验改在南方的海洋中进行，比如海南岛或者西沙群岛，那里的水温肯定是适宜的。”杨志新兴致勃勃地谈出他的想法。

不料，马玉华听到这儿，却抿着嘴笑了。

“怎么，我说得不对吗？”这位海洋动力学家奇怪地问。

“你的想法我们不是没有考虑过，但是行不通。”马玉华收敛笑容说，“我还忘了告诉你，去年我还特地到海南岛跑了一趟，在那里做了对比实验，结果完全失败。因为这种珍珠贝是北方海域的品种，根本不能适应热带海洋的环境，那里的海水盐分含量高，水温常年比这里高得多，再加上各种海洋微生物，它们难以适应。”说到这儿，马玉华特地补充了一句，“这就和把海南岛的椰子移栽到北方来不能成活是一样的道理。”

“啊，是这样！真是隔行如隔山。”杨志新尴尬地笑了，他没有想到自己在海洋生物领域中还属于一个外行。“这就不好办了……”他叹了

口气。

“不要紧，总会想到解决的办法的。”这一回，倒是马玉华安慰起他了。

几分钟后，他们并肩踏上石阶，走进黑灯瞎火的海神庙。当他们穿过大殿一侧的夹道，窥见他们的住屋时，马玉华不禁惊讶地说：“咦，小哈怎么不在啦？”原来，她发现那一排厢房尽头的两间房——她的宿舍——黑咕隆咚，门好像也是关着的。他们急忙加快了脚步，杨志新上前推了推门，房门虚掩，里面黑洞洞的。

“这个小哈，不关门就跑了……”他咕噜道。

当马玉华拉开电灯，青白色的灯光驱散了房内的黑暗，马玉华和杨志新几乎同时发现，靠在山墙的书柜旁，放着一只从未见过的救生圈，他们不由得对视一眼，好像是说：这是哪儿来的呢？

他们不约而同地走向那个救生圈，当马玉华伸手刚要去拿救生圈时，突然，从他们身后传出一声可怕的叫喊：“不许动！举起手来！”紧接着，爆发了一阵顽皮的嬉笑声。

不用说你也猜得出来，这是马小哈和海娃的恶作剧。他们俩早就侦察到姑姑的动静，然后关了灯，埋伏在床底下，给他们来了个“突然袭击”。

“你们这些淘气包，快把我吓死了！”马玉华转过身，抬起手佯怒地朝马小哈挥了挥。

屋子里一阵骚乱平息之后，他们便询问起这只救生圈的来历。马小哈和海娃这时都争先恐后地讲述发现救生圈的经过，他们还特别就那上面三个红漆的字谈了自己的解释。

不过，当马小哈和海娃把那一番牵强附会的解释重复一遍时，杨志新和马玉华像听见海外奇谈似的忍不住捧腹大笑起来。

“真有你的，这哪里是什么药丸？山田丸是一条日本船的船名呀！”杨志新笑着告诉他们。

“日本船？”马小哈和海娃全都瞪大了眼睛。

“对呀，日本的船都叫什么丸，有的用地名，有的用人名，或者是船舶公司的名称，像‘山田丸’‘松本丸’。就像我们国家的船名，通常叫什么什么号，像‘红旗’号、‘大连’号、‘东方’号一样。”杨志新一面回答，一面仔细端详救生圈那三个褪了色的红字。蓦地，他像是被什么蜇了一下，“哎呀”一声，脸上顿时露出惊异的表情。

“你怎么回事？”马玉华问道。

杨志新没有马上回答，他蹲在地上，翻来覆去瞅着救生圈上面红漆的船名，好像要从中发现什么秘密。静默了几分钟后，杨志新向他们说起一件不寻常的事件。

“今年春天，对了，是三月里，我随海洋考察船‘飞鱼’号前往东海，我们这次考察的任务是为建设海流发电站布点踏勘——你知道，现在这些发电站已经安装完毕，开始向陆地送电了。记得有一天晚上，海上风浪很大，‘飞鱼’号在风浪中颠簸，所有船员和工作人员凡是没有值班任务的，都待在船舱，谁也不许上甲板，因为山峰一样高的巨浪冲上甲板，连船桥和驾驶台也进了水。可是按照规定，越是遇到这种情况，观测工作越是不能疏忽，因为这些数据对于海流发电站的建设都是极为宝贵的。

“当时正好轮到我值班，我和另外两名海洋学家分别观测海浪、海流和其他项目，把观测数据贮存到计算机的数据库。到了后半夜，突然从驾驶台传来船长的紧急通知：各项观测暂停，全体人员到会议室集合。这个突如其来的命令使每个人都大吃一惊。到了会议室才知道，原来电报员从无线电中接收到紧急呼救讯号，据船长讲，收到的电文断断续续，大意是一艘日本国籍的渔业加工船‘山田丸’在冲绳以东的洋面出了故障，加上遇到风浪，处境相当危险。于是，我们这条船决定立即改变航向，去营救这艘日本船，船长命令大家做好准备……”

“杨叔叔，你们到底救出‘山田丸’没有呀？”

“是呀，‘山田丸’怎么样啦？”马小哈着急地问。

杨志新耸了耸肩膀，继续说：“我们白跑了一趟。尽管‘飞鱼’号全速前进，可是由于船只顶风而行，速度大大减慢。等第二天黎明赶到失事地点，只见到几艘日本的救难船。他们比我们早到了一步，据他们的船员讲，‘山田丸’因为主机失灵，船底碰上了暗礁，抽水泵已无济于事，在天亮之前就沉没了。不过万幸的是，船上三十七名船员全部脱险，营救到救难船上了……”

“那还不错，人员总算没有损失。”马玉华松了口气，转身到厨房去预备晚餐了。

这时房间里归于沉寂。海娃被他父亲找回家去了，杨志新讲完“山田丸”的故事，也到厨房去帮忙，屋子里只剩下了马小哈一个人。他的脑海里仍然萦绕着“山田丸”失事的悲剧，他一会儿走到窗前，若有所思地凝视着窗外黑黝黝的天空，一会儿又走到房间一侧，注视着墙上挂的一幅世界地图。吃罢晚饭，刚放下筷子，马小哈眨巴眨巴眼睛，问他的姑父：“‘山田丸’失事的地方离珍珠岛远吗？”

杨志新和马玉华对视一眼，“瞧你，还惦记着‘山田丸’呢！”杨志新笑道，“当然很远啰。”

“到底有多远，你说具体一点儿。”马小哈似乎对姑父的回答很不满意，皱着眉头问道。

杨志新瞅着神情严肃的马小哈，不知道他的脑子里在想什么主意，便离开椅子，走到那幅世界地图前，指着图对他说：“你瞧，这是日本，这是东海，‘山田丸’失事的地点大约就在这里，离日本的奄美大岛不远。它离珍珠岛起码也有一千海里。”

“奇怪！”马小哈说，“‘山田丸’在那儿沉没了，船上的救生圈怎么会跑到珍珠岛的海边呢？是风吹来的吗？”

杨志新摇了摇头说：“不，不是被风刮过来的。这只救生圈是被海洋里的‘河流’冲到这儿来的。”

杨志新的话刚出口，马小哈立即大声抗议道：“你又蒙人，海就是海呗，哪里又来的河流！”

“谁蒙你，当然是海洋中的‘河流’冲到这儿来的。”杨志新拿起茶杯呷了一口，思索了一会儿，接着对马小哈说，“还是先讲几个故事吧。你不是读过那本有名的《格兰特船长的儿女》吗，儒勒·凡尔纳写的科幻小说。你还记得那本书一开头写的，‘邓肯’号在北爱尔兰和苏格兰之间的海面上航行，船上的水手逮到了一只很大的鲨鱼……”看来，姑父也是个科幻迷。

“我知道，我知道！”马小哈很有兴趣地抢着说，“船上的水手用斧头剖开了鲨鱼的肚子，从里面找出一只酒瓶，格兰特船长遇难前写的求援的文件不就是放在酒瓶里的吗？”

“对，你的记性好极了。”姑父称赞道，“你当然会记得，格兰特船长所驾驶的三桅船‘不列颠尼亚’号是在南半球离巴塔戈尼亚一千五百海里的太平洋上沉没的，他们把装有求救文件的瓶子抛入海中，这是1862年6月27日的事。但是为什么两年之后，这只瓶子却漂到北半球的苏格兰近海了呢？”

马小哈的一双大眼睛忽闪忽闪地注视着姑父，又把视线转向坐在一旁安闲地望着他们的姑妈，好半天才说：“书我倒是看过，可是谁管这些呀。”

“那你就听你姑父说吧。”马玉华插了一句。

“这本小说里写的这个细节，并不是作者瞎编的。实际上从很早以前，那些在海上闯荡的水手都知道，海洋中有许多肉眼看不见的大河，它们虽然不像陆地上的河流有河岸约束，可是总是年复一年地沿着大体上固定不变的路线，奔流不息地在海洋中流动，这就是海流，或者叫洋流。有的洋流是从地球上温暖的地方流向寒冷的地方，这就是暖流；有的相反，是从地球上寒冷的地方流向温暖的地方，这就是寒流。古代的人类，在没有发明机械以前，已经懂得利用洋流驾驶独木舟或者简陋的木船漂洋过海，前往遥远的地方了。”

“啊，我知道了，格兰特船长就是想利用洋流，把那个装了三份文件的瓶子送出去，没想到被鲨鱼吞进肚子里了。”马小哈恍然大悟道。

“说得一点儿不错。”姑父说，“过去那些在海上遇难的水手，往往都是把求救的信件放在密封的容器里，然后扔进海里，这样经过几个月甚至几年，这些瓶子随着洋流漂泊，终于被人们捡到，于是他们的祖国和亲人就能够知道他们遇到的不幸。像格兰特船长，如果不是洋流把他扔进海里的瓶子送到‘邓肯’号的船上，他的命运就很难设想了。”姑父说到这儿，又补充道，“当然了，那条鲨鱼也帮了不少忙，要不，‘邓肯’号也不一定能发现那个瓶子。”

马小哈的脑瓜是很灵的，听姑父这样一番解释，他立即想到“山田丸”的救生圈，忙说：“姑父，照你这样说，珍珠岛这一带也有洋流啰，要不，救生圈怎么会从日本漂到我们这儿来的呢？”

马小哈说这番话原本是无心的，但是它却像一道电光使杨志新的脑子顿时豁亮起来。他直瞪瞪地望着马小哈，脸上的肌肉也由于极兴奋而一阵痉挛。“你……你说什么？”他忙问马小哈。

马小哈一时语塞了，他不知道姑父为何突然这样激动。马玉华也发现杨志新的举止有些异常，便问：“喂，你今天究竟怎么啦，老是这样一惊一乍的……”

没等马玉华说完，杨志新突然从椅子上跳起来，直奔贴着世界地图的那面墙壁。他踮起脚在地图上凝视了一会儿，嘴里还不停地自言自语。几分钟后，他兴冲冲地跑过来，喜形于色地对他的妻子说：“玉华，有办法了，你的实验……”

“你说的什么呀？没头没脑的……”马玉华用困惑的目光注视着他，不解地问。

“你听我说呀！”杨志新说话的声音有些颤抖，“你的珍珠贝不是由于低温而大批死亡吗？我想，我们可以借一股洋流，不，说得确切一点儿，是改变洋流的流向，使珍珠岛附近海域的水温大大提高，这样一来，你的实验肯定会获得成功……”

“你在那儿胡思乱想些什么呀？”马玉华不冷不热地回敬了一句。

“哎呀，你听我说嘛！”杨志新越急越说不出话来，他端起茶杯咕噜咕噜喝了几口，这才把他心里一番惊天动地的想法讲了出来。

姑父说的那些科学上的专有名词，对马小哈来说无疑是听不懂的天书，但是其中的主要内容他多少有些明白。听姑父讲，有一股很强大的暖流——名字叫黑潮——流经我国的东海、黄海和渤海。姑父是海上电站的技术顾问，他认为利用海上电站的动力完全可以改变海流运行的方向，甚至可以加快它们的流动速度，使珍珠岛因海流的影响提高周围海水的温度。

“你不觉得你的想法有点儿离谱了吗？发电站的动力系统是否有这样大的功率，能够把黑潮这样强大的海流向北方推动？”过了片刻，马玉华抬起眼睛问道。

“这一点我是有把握的。”杨志新依然是那样充满自信，用铅笔敲着桌面说，“我们这几年一直跟黑潮打交道，对它的活动规律是了若指掌的。”他随手抽出一张纸，在上面画了黑潮的示意图，“据我们这几年实地调查，黑潮流经的路线，大体上是从中国台湾东岸北上进入东海，然后沿着东海大陆坡向东北流动。对了，就在‘山田丸’失事的这个地方，日本的奄美大岛的西北，黑潮开始一分为二，主流的一支经过吐噶喇海峡离开东海返回太平洋，另一支继续向北……”

“我知道，恰恰是黑潮的这一支的能量比较弱嘛！”马玉华和他辩论道，“而且在五岛列岛附近它又分成两支，一支向东北进入日本海，称为对马暖流，另一支从济州岛南面北上进入黄海，称为黄海暖流。”

“不错，黄海暖流虽然比较弱，但是流向比较稳定，而且在冬季比较强，它的余波甚至可以一直影响到渤海，我们就利用这一股暖流来做文章嘛。”

杨志新说到这里，推开窗户，朝着丹崖山下夜色深沉的大海凝视了一眼，然后对马玉华说："我们的海流发电站是由一百多艘发电船组成的，它们像一个个浮动的海上平台，沿着黑潮流经的路线一字排开。这些发电船搅动海流深层的海水，利用海水的温差，使它的热能转换为电能，通过海底电缆将电能输送到陆地岛屿，同时它又推动黑潮，驱使它以更快的速度向北推进。根据这个原理，我们只要把海流发电船的布局稍加调整——当然这需要进行一番复杂的运算，那么，黄海暖流就能以比以往更快的速度和更大的能量向黄海和渤海流动。"说到这里，他冲马玉华一笑，"这就叫顺水推舟……"

马玉华仍然疑虑重重地说："你怎么能够保证暖流一定会经过珍珠岛呢？如果不能经过这里，那一切不是白搭了吗？"

"哎呀，你是怎么搞的！"杨志新笑起来，顺手把那只"山田丸"的救生圈推到她面前，"这就是最有力的证据呀，如果不是海流的推动，它怎么会从奄美大岛漂到珍珠岛呢！"他的目光扫了一眼屋子，原本是打算找马小哈为他帮腔的，可是当他的视线停留在对着房门的沙发时，他和马玉华不禁哑声失笑了。

马小哈的脑袋歪在沙发靠背上，两只裤腿沾满泥的脚架着沙发扶手，在那里发出轻微的鼾声。不知什么时候，他已经进入梦乡了。

四

第二天天刚蒙蒙亮，马小哈的姑父就搭上一艘路过珍珠岛的运输船，动身去海上电站了。

当天下午，马玉华上街买东西，看见夏场长骑着自行车往家走，她往前跑了几步："夏场长，等一等……"

夏场长闻声跳下车，眯缝着眼睛笑着道："有什么事吗？"

"我有件事跟你商量商量。"马玉华字斟句酌地说，"原先我打算把海湾内的珍珠贝取出来，放进实验场里，现在我看用不着了，继续让它们在天然条件下过冬吧。"

这番话刚出口，夏场长眯缝的眼睛突然睁得大大的，惊愕地瞅着马玉华，好像不认识她似的。半个月前，马玉华亲口提出要把所有实验用的珍珠贝从海湾取出，放入实验场，用温室条件帮它们越冬，因为她担心寒潮会造成珍珠贝大批死亡。仅仅过了十几天，天气一天比一天冷起来，为什么她反倒提出这个不合理的方案？

"马工程师，"夏场长停了半晌，方才开口道，"这可不是儿戏，你要好好考虑一下，你知道，过几天气温还要下降，去年的教训难道今年还要再来一次吗？如果这一批珍珠贝继续死亡，这个实验恐怕就没法再搞下去了。"

"我全都想过。"马玉华异常冷静，冷静得使夏场长感到不可理解，"我已经做好了技术上的保障。"大概是为了让夏场长放心，马玉华微笑道，"你尽管放一百个心，去年那样的蠢事绝对不会重演，我会采取有效的办法避免珍珠贝受到寒潮的袭击……"

"办法，什么办法？"夏场长颇为不满地诘问道，"难道你能够不让寒潮过来吗？"大概他意识到自己的态度有点儿生硬，转而又改口道，"当然了，技术上的事你拿主意，我照办就是。"说罢，夏场长推着自行车悻悻地走了。

打从这次谈话之后，夏场长和马玉华之间像是隔了一堵无形的墙，彼此的关系再也不像过去那样融洽了。珍珠贝按照马玉华的意见没有从海湾取出，可是天气正像夏场长说的那样，一天比一天冷，寒潮袭击的次数更加频繁，有几天清晨，海边甚至镶上了一层薄冰，那是夜里冻上的，被海浪搅得嘎嘎作响。

马玉华比前些日子更加消瘦，她默默忍受着夏场长不时投来的冷漠目光，整日整夜地在海边巡视，像照料婴儿一样细心照料那些珍珠贝，用繁忙的工作来排遣心中的无限焦虑。

在这样沉闷的气氛里，马小哈也不像刚来那阵子兴高采烈了，尽管海娃天天陪他玩，但丝毫提不起他的兴致，终于，在临近春节的时候，马小哈向姑姑提出：他要回家了。

这是一个寒潮过后天气晴朗的早晨，阳光从窗玻璃射进室内，屋里分外明亮。马玉华坐在沙发上，正在往脚上套高腰皮革靴，准备到海边去。听到马小哈提出的要求，胶皮靴从马玉华的手里滑了下来。

马玉华的眼圈红了。她用抱歉的口吻说："姑姑对不起你，这些日子我天天忙出忙进，连陪你的工夫都没有，你不会怪姑姑吧？"

马小哈连忙跑到姑姑身边。"不，姑姑，我知道你很忙，"他很懂事，故意用轻松的口吻说，"你瞧，你都累瘦了，我在这里也帮不了忙，只能给你添麻烦……"

听马小哈这样一说，马玉华激动地把马小哈的脸蛋贴上了自己的脸颊。"我的好侄子，你真是个懂事的孩子。"她说，"等姑姑的实验搞成功了，你再来珍珠岛吧，到时候姑姑一定陪你好好玩……"

马小哈离开珍珠岛后，又过了一个月，一天清晨，夏场长风风火火地闯进门来："马工程师！马工程师！"

马玉华站起来，当她的目光一碰上夏场长那满面春风的笑脸时，不禁愣然了。因为这些日子，夏场长的脸色一直像布满了阴沉沉的乌云，是什么事情使他这么高兴呢？

夏场长一双眯缝的眼睛直视马玉华，笑嘻嘻的，故意缄默不语。

马玉华被他看得不好意思起来，连忙避开他的目光，讷讷地说："什么喜事使你这么高兴……"

"我说马工程师，"夏场长从嘴里拔出琥珀色的烟斗，"我对你有意见……"他故意拖长音调道。

“有意见？”马玉华下意识地推了推眼镜，“好呀，欢迎你提。”

夏场长笑道：“你不该把什么事情都瞒着我嘛，我虽然对你的研究帮不上什么忙，可是总可以配合你做一点力所能及的工作嘛。”

“我……我什么事情瞒着你了？”

“你瞧，这会儿还在对我保密。”夏场长用烟斗指着马玉华，责备道，“你和老杨同志合计的事情，事先怎么不给我透点儿风，这些日子可没让我少操心……”

马玉华更加愕然了，她瞅瞅夏场长，不知如何回答。“天啊，他怎么会知道？”她心想。

夏场长见马玉华吞吞吐吐的神情，忙说：“好了，别跟我藏猫猫了。”他挥了一下手，像是把不愉快的事一笔勾销似的，大声说，“我是来告诉你一个好消息的，春天已经提前来到咱们珍珠岛，从东海吹过来的春风，融化了海上的冰，连柳枝儿也发了芽……”顿了一下，他故作神秘地对马玉华说，“老杨来了电话，他让我转告你，明天他就要来珍珠岛……”

马玉华听见这个消息，喜出望外，立即像一阵快乐的旋风冲出了房门，冲出海神庙，飞快地跑上丹崖山的顶巅。

果然，大自然像是发生了奇迹似的，从冬天的淫威下苏醒过来。阳光和煦，春风拂面，山林、海湾，岸边的礁石和山坡上的果园都沐浴着金灿灿的春晖。在海波荡漾的海面上，久违的海鸥舒展着洁白的双翼，在清新而温馨的晨风中自由自在地飞翔，时不时发出一阵令人欢悦的鸣声，山岩缝隙里一丛丛枯黄的野草，不知什么时候悄悄地抽出嫩绿的新芽。夏场长说得不错，大庙旁边几株弯曲的柳树，细细一看，铅丝一般的枝头涂上了一层新绿。

“这不是做梦吧……”马玉华用手拢了拢被晨风吹乱的黑发，目光迷惘而慌乱。她一面自言自语，一面睁大眼睛在海面搜索。

“你瞧，海水怎么变成这个颜色啦？”不知什么时候，海娃也跟过来，跑到山岩的边缘，指着丹崖山下的海湾，惊叫起来。

马玉华几乎在这同时发现了海水的变化，海湾中浅蓝色的海水像是有谁倾倒了一桶墨汁，颜色变得那样墨蓝墨蓝。波浪翻滚，前簇后拥地向岸边的礁石涌来。海面上蒸腾着一阵浓烟般的水雾，远远望去，就像是浴池中升起的水汽一般。

“黑潮！这是名副其实的黑潮呀！”马玉华情不自禁地叫了起来。她转身告诉海娃，黑潮的名称就是因为水色呈深蓝色，看起来好像是黑色而得名。她这时完完全全相信，杨志新确实是利用海上电站的动力，把奔腾在东海之上的黑潮导引到珍珠岛的海域了。

“马工程师，这回你不用为那些珍珠贝担心了吧！”海娃兴高采烈地说。

不知是由于春天提前来到珍珠岛，还是别的什么原因，马玉华情不自禁地流下了几滴热泪。

尾声

时间，像奔腾的海流永不停息地流动，转眼又到了万物峥嵘、充满活力的夏天。这年暑假，马小哈决定利用假期重返那可爱的珍珠岛，他没有忘记珍珠岛上与他结下浓厚友情的小伙伴海娃，也没有忘记夏场长嘴里叼着的那只琥珀色的烟斗。当然，他始终没有忘记姑姑在海湾里养殖的那些珍珠贝，那些外表丑陋的大贝壳居然会孕育着像星星一样灿烂的珍珠，这有多么神奇！可是，马小哈从来还没有见过真正的珍珠，他多么想亲眼见一见姑姑从珍珠贝中取出一颗颗晶莹闪亮的珍珠，他甚至想象得出来，姑姑手捧着珍珠时兴高采烈的表情。只不过他又有点儿担心，姑姑养殖的珍珠贝究竟长得怎么样了呢?

这天晚上，马小哈忙着收拾行装，他把带给海娃的礼物，还有随身携带的衣服和几本书放进一口人造革箱子里，然后跑进厨房，从冰箱取出几块蛋糕和一听罐头。这是他准备带在路上吃的。

这时，从爸爸的书房里传来一阵叫声："小哈，快来呀，你姑姑……"

马小哈一听，连冰箱也忘了关，飞快奔往爸爸的书房。起初，马小哈真的以为姑姑突然回来了，过去这样的事情并不是没有发生过。可是一进书房，只见爸爸一个人坐在沙发上看电视。

"姑姑呢？"他环顾四周，忙问。

"你瞧，那不是吗？"爸爸笑嘻嘻地指着荧光屏说。

果然，马小哈一眼就见到他的姑姑了，只不过是在电视机的荧光屏上——这是一组报道珍珠岛人工养殖珍珠贝获得丰收的电视新闻。镜头在不停地摇动、转换，马小哈仿佛又置身于那迷人的珍珠岛了。他看见了那屹立在海中的丹崖山，看见了那伸向海湾的珍珠贝养殖场。镜头由远而近，逐渐出现了几个年轻的养殖珍珠的姑娘，她们躬着腰从海水中取出一网兜一网兜的珍珠贝。马小哈知道，那些放养在海水里的珍珠贝都是装在尼龙网兜内，然后投入海中的。他和海娃不止一次帮着养殖女工干活，说不定镜头中的那个网兜就是他放的。

"珍珠岛人工养殖的珍珠贝，是采用世界上最先进的遗传工程方法培育的新品种，"电视新闻的解说员充满激情地说，"这是目前世界上只有少数国家刚刚有所突破的新课题，但是我国的青年海水养殖专家马玉华同志在短短几年内已经在天然海湾成功地培育出世界第一流的超型珍珠……"

随着解说员的画外音，荧光屏上出现了姑姑的特写镜头，她那秀美的黑发被海风轻轻拂动，轮廓分明的脸庞上洋溢着喜悦的神采。她从尼龙网兜中取出一个很大的珍珠贝，熟练地将它掰开，然后将一只细长的镊子轻轻地伸了进去，就在这一瞬间，一道银光占满了画面，一枚像麻雀蛋大小的珍珠从张开的珍珠贝中吐了出来……

“这是目前世界上最大的珍珠……”解说员像是无法保持他固有的冷静，提高声音说道。

马小哈已经无法控制自己的激动，兴奋地拍起巴掌，嘴里还不住地叫好。他为姑姑取得的成绩而高兴，也为珍珠岛取得的大丰收而高兴。当这一组电视新闻播完时，马小哈突然想起，他的姑父杨志新不知道有没有看电视，如果他得知这个消息，他一定会高兴得跳起来。要知道，姑姑的成果中也包含着他的心血啊！

“对，我去给姑父打一个长途电话，把这个好消息告诉他。”马小哈对妹妹说。

说罢，他抓起了爸爸书房里的电话……

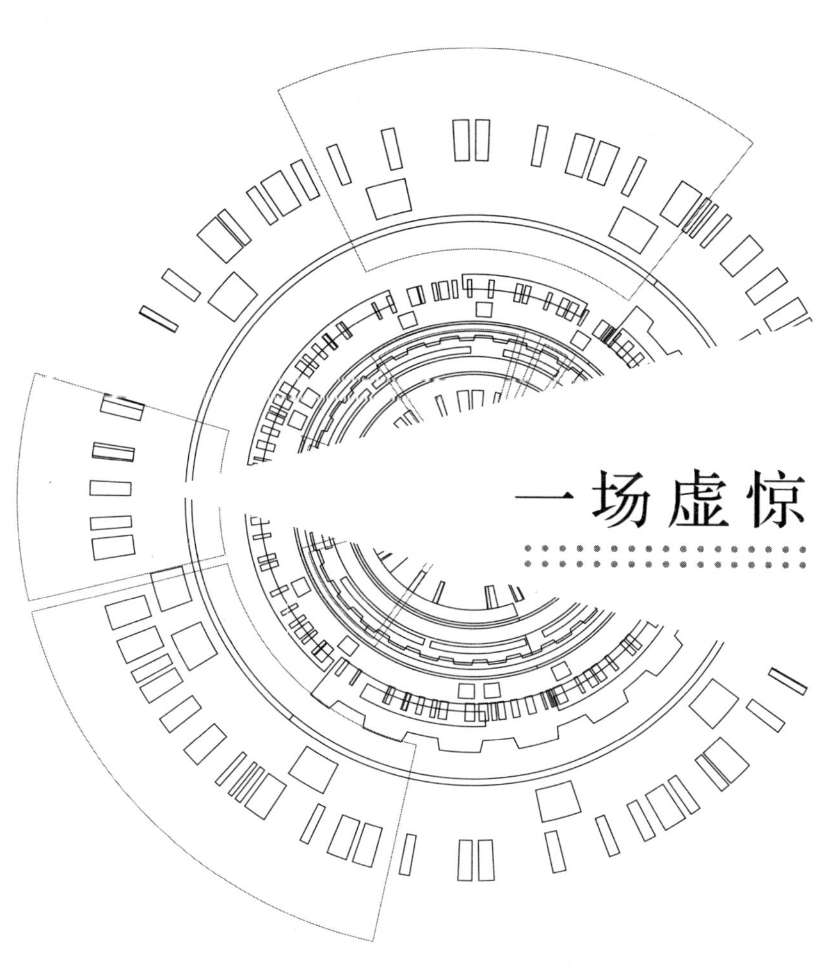

一场虚惊

走出红星电影院，马小哈觉得鼻尖上冰凉冰凉的，他用手摸了摸，原来一大团雪花沾在他鼻子上面了。

“嗬，好大的雪呀，真冷……”和他并肩走着的吴小明把围巾使劲裹了裹，又把大衣领子翻了起来。

马小哈见吴小明那副缩头缩脑的滑稽样子，故意说：“喂，明天放学去打雪仗吧？”说罢，他从地上抓起一把疏松洁白的雪，揉成一团，挑衅似的望着吴小明。

吴小明早有提防地闪过身子。“不，不，”他的两只帽舌摇得像拨浪鼓，“我才不打什么雪仗，怪冷的……”话还没说完，一颗“雪弹”已经在他的脑袋上开了花。

吴小明招架不住，转身就跑，马小哈当然不会轻易放过，他又抓起一大把雪，揉成一颗更大的雪弹，紧追不放……

滴水成冰的冬夜，大雪纷纷扬扬，寒风刮在脸上像刀割一样。这会儿火车站的大钟正敲响22点，大街上几乎没有人影了。

吴小明顶着风飞快地跑，他穿过寂静的街道，拐进了一片光秃秃的小杨树林。林子东边，依傍一条名副其实的清水河——大概是水流湍急的缘故，那条河即使是在最冷的天气也不会结冰。

“前面快到家了！”吴小明一边想，一边加快步子跑出树林。他刚要靠在一棵碗口粗的杨树上喘口气时，只听见“你往哪儿跑！”马小哈一个箭步蹿了上来，举起手里的雪弹就往他脖子里塞……

就在这时，吴小明像是被蛇咬了一口，扯起嗓子惊叫起来。

“哎呀，不好了！”他一面喊，一面指着清水河上那座石拱桥。

马小哈转脸朝桥上望去，脸色“唰”的一下变得煞白。

石桥的栏杆上直挺挺地立着一个穿得十分单薄的人，看不清是男是女，更看不清脸。就在马小哈扭头过去的一刹那，那人突然纵身往河里一跳，只听见咕咚一声，就不见了。两个孩子被眼前的情景吓坏了。过了好半天（不过也许只是几秒钟），马小哈恢复了理智，他一手拉着吴小明朝桥上跑去，一手解开棉衣的扣子。

“小哈，你要干吗？”吴小明气喘吁吁地问。

“救人呀！你不看见那人跳河自杀了吗！”

马小哈把脱下的衣裤朝吴小明手里一塞，敏捷地跨过石拦，纵身一跳，眨眼工夫就不见踪影了。一切都来得太突然。吴小明不会游泳，只能趴在石拦上大声呼叫：“小哈——小哈——”

黑乎乎的河水在桥下缓缓流动，河岸边的一层薄冰像是一道银色花边。

突然，不远的河面上冒出了马小哈的脑袋，吴小明顿时高兴起来，可是，那脑袋在水面上晃动了几下，即刻又沉了下去……

足足有几分钟——在吴小明看来这短短的几分钟比一年还要长——马小哈还没有冒出水面。吴小明再也沉不住气了，没命地大喊起来：

“救人啊！救人啊！有人淹死了……”

可是，在这样冷僻的河边，哪有人听见吴小明的呼救？他的声音飞出没多远，就被呼啸的风声淹没了。惊慌失措的吴小明跑下桥头，声嘶力竭地继续喊着马小哈的名字，他想，马小哈不是淹死就是要活活冻死了……

跑着跑着，他蓦地收住了脚步，惊讶得说不出话来：河岸的雪地上站

着一个身穿红色单薄衣服的人，头戴一顶帽子，很像潜水员的头盔，虽然他从河里上岸，身上却一点儿没有沾水。他怀里抱着一个脸色铁青、衣服冻得硬邦邦的孩子，就是马小哈。

“小哈——”吴小明悲喜交集，连忙跑了过去。

那人示意吴小明，快把手里的衣服拿过来。

吴小明把马小哈的衣服递了过去，那人立即把冻僵的马小哈严严实实地裹了起来，接着大步朝前走去。

“走吧，先到我家去暖和暖和吧……”他说。

吴小明被眼前发生的事情弄得晕头转向。这人分明就是刚才投水的人。他是谁？他为什么要投水呢？

不知什么时候，雪已经停了。

那个奇怪的人把吴小明领进一间温暖的大房间，然后抱着马小哈走进内室，顺手带上了门。

大房间里只剩下吴小明一个人了。他好奇地环顾了一下四周，房间里的陈设使他感到奇怪。他一走进这间房，便瞅见迎面墙上挂着一幅很大的油画，画面的背景是一片白茫茫的冰原，在破碎的浮冰之间，有几头北极熊在冰水中嬉戏，神态活泼自在，吴小明继续观察着，他发现主人似乎有种奇怪的癖好，除了墙上的油画是以北极熊为题材，桌上台灯的造型、茶杯上的图案都是北极熊，靠墙的玻璃橱里，甚至还挂着一张真正的北极熊皮……

吴小明对这一切既感到新奇又满腹狐疑，不用说那个投水的怪人就是房子的主人了。他是个什么样的人？他为什么对北极熊这么感兴趣呢？也许他是动物学家，研究北极熊的？还有，他为什么在这样冷的夜晚跳到河里？他真的是自杀吗？如果投河自杀，为什么他又去救马小哈，还把他们带到他家里呢？吴小明越想越弄不明白，越想越觉得疑虑重重。

过了好久，当然也可能是吴小明的心理作用，反正他觉得过了好长时间，也没有人出来。那个人把马小哈弄到里屋去干吗？会不会有什么危险？吴小明心里更加害怕起来。最后，他鼓起勇气，抡起拳头，重重地敲起那扇通向内室的房门……

“怎么，着急了？”随着一阵爽朗的笑声，门开了，从里屋走出一个人。她是一个陌生的阿姨，大大的眼睛，高挺的鼻梁，年纪大约二十七八岁，她穿一件宽松的睡袍，脚上穿着棉拖鞋，湿漉漉的长发用一块大浴巾包裹着，好像是傣族妇女的装束。她手里端着一个大托盘，然后将托盘放在房间一侧的餐桌上。她从托盘里取出一壶煮好的咖啡，还有装在白瓷罐里的牛奶，又端上一碟点心饼干，还有一块长条面包。“对不起，不知道有尊贵的客人光临寒舍，冰箱里就只有这点儿东西，凑合吃吧……”她对满脸惊讶的吴小明说，又望着正在里屋里换衣服的马小哈。

马小哈刚才洗了个热水澡，但是他的内衣内裤都湿透了。这可难为了屋子的主人，因为家里找不到适合马小哈穿的内衣内裤袜子，怎么办？屋子的主人只好将马小哈的湿衣服洗干净，然后用烘干机烘干，这会儿他正在手忙脚乱地穿衣服呢。

吴小明见到马小哈活蹦乱跳地站在他面前，心里挺高兴，然而他仍然伸着脖子，一双眼睛直勾勾地往里屋搜索，似乎是要寻找什么。

那个陌生的阿姨见他的神情怪怪的，问道：“你在找什么？”

吴小明也直话直说：“刚才那个……人呢？他没有事儿吧？”

那个阿姨仍然笑嘻嘻的，这时马小哈连蹦带跳地跑过来，对着吴小明的耳朵低声说：“你知道吗？就是她救了我。她根本不是投河自杀……”

“什么？”吴小明惊愕万分，简直不敢相信自己的眼睛。他始终无法把这个笑容可掬的阿姨和那个跳河的人联系起来。

那个笑吟吟的年轻阿姨站在一旁，笑得更欢了。

她招呼他们坐在餐桌旁，“来，不要客气，随便吃点儿吧……”她问了问马小哈和吴小明的姓名，在哪个学校上学，又自我介绍说她叫刘英丽。

马小哈的确有些饿了，也不推辞，立刻吃了起来。吴小明随着也尝了尝几块小点心。刘英丽热情地款待小客人，自己也吃了起来。“我还没有吃晚饭呢……”她说。

眼看夜已深了，刘英丽提出马上送他们回家，可是马小哈却灵机一动，跑到桌子旁边，给妈妈打了一个电话。吴小明也如法炮制，给家里挂了电话，好让家里人放心。

“刘阿姨，我告诉妈妈我们过一会儿就回家。你就把今晚的事给我们讲讲吧。”马小哈央求地说。

“是啊，是啊，讲讲吧，我都给弄糊涂了。”吴小明附和着说。

刘英丽微微一笑，用手指头轻轻点了一下马小哈的鼻子：“调皮鬼，你知道吗，你们把我的实验计划全都打乱了……”

“实验计划？”两个孩子面面相觑，惊讶极了。

刘英丽坐在沙发上，又让他们也坐下来，说：“孩子们，我是一个服装设计工程师，我的任务不仅要设计出各种美观新颖的服装，而且还要研究出制作衣服的新材料，来满足各方面的需要。”

说到这儿，刘英丽告诉他们，我国科学家要到南极去进行科学考察，南极是地球上最冷的地方，那儿的最低气温达到零下80多摄氏度，科学家们希望服装设计工程师给他们设计出一种衣服，使他们穿了能在冰天雪地里顺利地进行科学研究。防寒保暖的衣服当然很多，但是既要保暖又要轻便却是个难题。“我一直在想，能不能找到一种最轻便、最保暖的御寒材料，为我们的南极科学家设计出一种新式的南极服呢？”刘英丽说。

马小哈听得入了神，忍不住问：“刘阿姨，找到了吗？”

“干什么事都不会那么容易。”刘英丽笑道，“我曾经做了很多试验，棉的、丝绵的、羊绒的、鸭绒的、驼绒的、人造纤维的……这些材料都不理想。”说到这儿，这位年轻的女工程师指指墙上那幅大油画，“这只北极熊启发了我。你们瞧。它在冰天雪地的北极冰原上不仅不怕冷，还可以在冰冻的海水中自由自在地游泳，它们为什么不会冻死呢？”

“北极熊有一件厚厚的皮大衣呀！”吴小明眨巴眨巴眼睛答道。

“对呀，可是为什么许多动物，像老虎呀，狮子呀，大熊猫呀，它们也有很厚的皮大衣，却无法在寒冷的北极生活呢？北极熊的皮毛有什么特殊的地方，能够那样御寒呢？如果揭开了这个秘密，我们就可以仿照它的原理，用人工方法制造出大量的最好的御寒服装了。”

刘英丽说罢，从玻璃柜里取出那张毛茸茸的北极熊皮，告诉他们：在电子显微镜下面看，北极熊身上的一根根毛都是空心的小管子，它们具有光电管的效能，能使紫外线从中通过。利用这种特殊的天然“光电管”，北极熊可以大量吸收阳光中的紫外线，使身体周围的温度升高，所以不管天气多冷，北极熊都毫不畏惧，它有件自动增温的皮大衣哩！这就是北极熊不怕严寒的秘密，怪不得人们称北极熊是“冰上之王”。

“知道了这个秘密，我们就可以想办法仿照它，设计出又轻便又特别保暖的南极服了，还可以改进我们的服装。”女工程师指着两个孩子身上的棉衣说，“有了这种衣服，你们再也用不着穿得这么鼓鼓囊囊的了。”

听到这样的新鲜事，马小哈和吴小明兴奋得睁大眼睛，急不可待地问：“刘阿姨，这种衣服制造出来了吗？”

刘英丽笑了，反问了一句：“怎么，你们不是已经看见了吗？”

马小哈和吴小明莫名其妙地对视了一眼，他们记不得在什么地方见过那种新式的南极服。

“啊，我明白了。”马小哈恍然大悟地说，“刚才你是穿着新发明的衣服做试验吧？”

女工程师笑了起来：“对呀！这些日子，我正在试穿刚设计的南极服，检验它的各项技术指标。正好今天降温，我想穿上南极服跳到河水里，看看它的保暖性能。白天不好进行这个试验，来来往往的人太多。所以我选择了夜晚，天又下雪，那座桥附近的河水很深，地方也偏僻。可是万万没有想到，见义勇为的人到处都有，我刚下河，马上有人以为我是投河自杀，要救我呢，是不是？”

马小哈的脸“唰”地红了，他想说：“还是你把我给救了。”可话卡在嗓子眼里，怎么也说不出来……

刘英丽却乐呵呵地说：“虽然你们打乱了我的计划，可我还是要表扬你们，你们跳进冰冷的河水奋不顾身地救人，真是好样的……”她停顿了一下，接着又说：“不过，马小哈，我还是要提醒你，以后遇到这种事情，我劝你不要冒冒失失，你们应该打‘110’，或者去叫大人。多危险呀，我看你的游泳技术并不怎么高明嘛……”

马小哈和吴小明对视一眼，郑重地点点头。“记住了，刘阿姨，实际上今天是你把我给救了……”马小哈说。

“好吧，我再不送你们回家，你们的爸爸妈妈要报警找人了。”刘英丽站起来，拿起汽车钥匙，对他们说：“走，我送你们回家！”

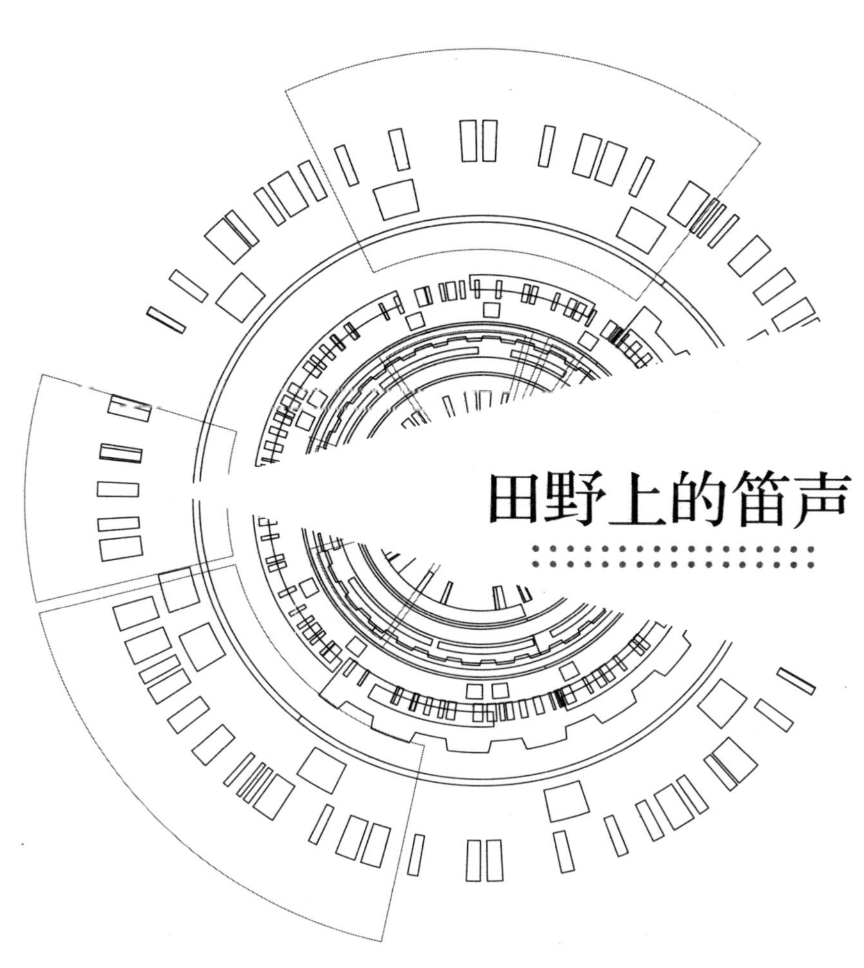

田野上的笛声

刚放暑假，乡下的舅舅开了一艘崭新锃亮的轻便摩托艇，进城来接马小哈到姥姥家去。舅舅到城里顺便办些事，他叫马小哈的妈妈给马小哈准备好换洗的衣服，等他办完事当天就回去。

“对了，暑假作业别忘了。你姥姥说，要你过完暑假再回来。”舅舅临出门时又补充道。

马小哈高兴得又蹦又跳，他的心一下子飞到姥姥家。上小学以前，他一直在姥姥身边生活。姥姥家是个紧挨着大运河的村子。村子虽然不大，可是在马小哈的眼里，那里的风景比电影里的还要美。他记得很清楚，村子后面有一座百花山，山顶上是一片松树林，山坡上种满了桃树、梨树、橘子树，那是他小时候最神往的乐园。以前姥姥每次带他去玩，看守果园的那个白胡子老爷爷，总要在他怀里不是塞上一只香喷喷的水蜜桃，便是塞上一只刚从树上摘下来的橘子。村口的那一面镜子般的大池塘，给马小哈留下的印象也很深。他曾和小伙伴们在池塘边逮过螃蟹，钓过青虾，还大把大把地采过甜津津的菱角……

“到了姥姥家，要听话，别成天净贪玩……”妈妈一面收拾小哈的书包，一面不停地叮嘱。

马小哈嘴里应诺着，两只大眼睛始终没有离开门外。好不容易等到傍晚，舅舅才急匆匆地抱着一个沉甸甸的纸箱子从外面回来。

“买到了？”妈妈迎上前，接过纸箱，问道。

舅舅用手巾擦擦汗，接着咕咚咕咚喝了一大杯凉开水，这才笑着说：

"算我没有白跑一趟，排了半天队，轮到我时就剩下这一台……"

"买的人这么多？"妈妈忙问了一句。

"你不知道，这玩意儿用处可不小，我们早就买过一台，非常灵。"舅舅用手拍拍纸箱说，"现在我们搞的是现代化农业，光凭以前的老经验已经不行了，得靠科学种田呀……"

舅舅和妈妈的一问一答，引起了马小哈的好奇。他想，舅舅到底买了啥，说得那样神乎其神？他真想打开纸箱子看看，然而舅舅却叫他去把衣服和书包取来，说要趁天没黑早点儿动身。

"干吗这样着急？吃了晚饭再走嘛！"妈妈意欲留住舅舅。

"不啦，我得马上赶回去，那边还有事等着我呢。"舅舅说罢，从饭桌上顺手拿了几个馒头，招呼了一下马小哈，两个人急匆匆地走了。

小小的摩托艇停泊在大运河的岸边。舅舅把马小哈安顿在艇首，自己坐在艇尾，不一会儿工夫，摩托艇掀起一阵翻腾的浪花，像展翅的海燕，贴着河面飞驰起来。

马小哈目不转睛地注视着两岸的景物，只见沿岸的一幢幢楼房很快被甩到后面去了，在小艇的前方，出现了碧绿的田野，好像一张巨大无比的绿色地毯，一直伸向天际。这时，西天的晚霞渐渐暗淡，轻烟般的暮色从田野上升起。渐渐地，马小哈的视线像是被一层雾障挡住了。

"舅舅，还远吗？"马小哈看见天色已晚，不觉有些担心地问道。

舅舅正在全神贯注地操纵机器，听见小哈的询问，便笑着说："快到了。你什么时候听见了优美动听的音乐，就说明离我们家没有几里地了。"

马小哈留神地向周围打量起来。眼前的夜色是这样浓重，满天的星斗不停地眨着眼睛；在明朗的天穹下面，是一片夜色朦胧的原野，茂密的庄稼躺在大地母亲的怀抱里，甜蜜地入睡了。那些昼伏夜出的萤火虫们，打着小灯笼在花草丛中来来往往，大概是寻找伙伴们一道玩耍；唯有池塘和稻田里，青蛙们的呱呱声此起彼伏，打破了夜的宁静……多么美好的夜

啊！马小哈的心仿佛一下子融化在宁静的夜色里。

“小哈，你听——”舅舅压低声说道。

马小哈趴在船头上，竖起了耳朵。果然，半空中回荡着悠扬的笛声。他说不上这是什么曲子，可是声音是那样委婉动听，令人心旷神怡，他顿时被吸引住了。笛声忽高忽低，忽缓忽急，犹如湍急的飞瀑，在深山幽谷中奔泻；又像是黎明的林中，鸟语啾啾，婉转动听……

马小哈和舅舅屏声敛息，一动不动，连摩托艇也不知什么时候关闭了机器。他们被这深夜的笛声迷住了。不知过了多久，曲尽声息，万籁俱寂，抬头仍是繁星点点的夜空，眼前依然是夜色浓郁的田野。他们如同从梦中惊醒，马小哈首先打破了沉默：

“舅舅，真好听呀，这是县里广播站播放的音乐节目吧？”

舅舅一面开动马达，一面笑着说：“傻孩子，天这么晚了，哪来的广播。”

马小哈觉得很奇怪，忙问：“那是谁在表演吗？”

“对啰，是有人在表演。你还记得不记得花果山上的花公公？”舅舅说。

“花公公？”马小哈觉得这个名字怪熟悉的，可是一下子又想不起来是谁。

“你小时候，姥姥不是常常带你上花果山去玩，山上有位白胡子老公公……”

“哦，是那个看园子的老公公。”马小哈一下想起来了。对了，那个老公公姓花，挺和气，村里的人不管大人小孩都管他叫花公公。他种了一辈子花草、果木，是方圆几十里最有名的老把式，经他手种的果树，结的果实又多又大又好吃。花公公还有个爱好，就是喜欢摆弄乐器，什么笛子、洞箫、唢呐，一到他的嘴上，准能吹奏出美妙动听的曲子。马小哈小时候，常常看见花公公一个人坐在花间、果林里吹笛子。

“舅舅，花公公是不是一个人闷得慌，深更半夜里跑出来吹笛子解闷？”马小哈忍不住回头问道。

舅舅没有回答。也许是马达声音太响，他根本没有听见；也许是他的注意力完全放在别的地方。过了片刻，他突然挺起腰杆，向着黑暗中大声喊道：“喂，有人吗？”

马小哈这时才发现，摩托艇已经开到了花果山下的河汊里，从山坡上黝黑的树影中透射出的一团灯光红晕中，可以看出姥姥家那一带房屋的轮廓了。

舅舅的喊声刚落，树林里接着传来悠扬的乐曲声，这回不是笛声，而是洞箫的呜呜声。可是曲子没有吹完，突然中断了，只听见有人大声喊道：“死丫头，别胡闹了，还不赶快接春生去……”

舅舅把摩托艇拴在岸边的一棵大柳树下，转身从座位旁边取出那只买来的纸盒，对马小哈说了声：“别动，我马上就来！”便径直朝岸上走去。

马小哈本想跟舅舅一道上岸，可是舅舅的命令他不敢违抗，只好耐心坐在小艇上，目不转睛地盯着舅舅的身影。就在这时，迎面射过来一束手电亮光，在舅舅脸上晃了晃，熄灭了。

“春生，买到了吗？”是一个阿姨急促的声音。

舅舅的名字就叫程春生。他还是那一套老话：“算我没有白跑一趟，排了半天队，轮到我时就剩下这一台……”

“太好了，太好了！”

那个阿姨高兴地拍起巴掌，发出一阵银铃似的笑声，又说：“你劳苦功高，明天咱们就开始试验，行吗？”

“那还用说。”舅舅的声音也显得挺兴奋。

“明天一早，还在老地方等我。别忘了。”

他俩说话的声音断断续续传到马小哈的耳朵里，可是他什么也不明白。

马小哈在姥姥家一晃就过去了半个多月。

自从来到姥姥家，马小哈发现舅舅成天忙得不可开交。天不亮他就悄悄地走了，半夜才披着星星回来。一家人都上床休息了，可舅舅窗前的灯光仍然通明。

有天夜里，马小哈睡了一觉，忽然被院子里叽叽咕咕的说话声惊醒了。他好奇地爬起来，蹑手蹑脚走到窗前，只见舅舅住的那间西屋窗户下面立着一个人。从那个人的背影和说话声音，马小哈立即猜出她是兰花姑姑——刚来的那天夜里，在果园里吹箫的就是她。听姥姥说，兰花姑姑是花公公最小的女儿，她和舅舅是农学院的同学，毕业后自愿回乡务农，还是舅舅的对象哩。

“春生，快来，已经接收到信息了！”兰花姑姑激动地说。

舅舅从窗户上探出头来，说：“真的？没听错吧……”

“谁还骗你，我爹也仔细听了听，他也听见了。”兰花姑姑说，“不过，我爹说这不是什么好兆头，兴许是松树长虫子了，得赶快采取措施……”

“啊！”舅舅顾不上多问，连忙披了件褂子夺门而出。他招呼了一下兰花姑姑：“走，快瞧瞧去！”

这时，马小哈被好奇心所驱使，连忙悄悄溜出房门，像个小狗似的尾随在舅舅和兰花姑姑后面。他虽然不明白舅舅他们在搞什么名堂，可是从他们谈话的口气猜想，那一定是怪有趣的。要不然，他们干吗连休息也顾不上呢？

舅舅和兰花姑姑是朝着花果山走去的。这天正好是农历十五，皎洁的月光在大地上洒下了一层银辉。

花公公的院子筑在半山腰的果园里。快走近院子时，兰花姑姑猛然察觉后面有窸窸窣窣的声音，她回过头，用手电筒朝树丛里照了照。

“谁？”兰花姑姑喝道。

马小哈一惊，心想：“糟了，暴露目标了！”他拔腿想溜走，不料脚踩了个空，“咕咚”一声，摔进一个不太深的土坑里。

“哈哈……”舅舅和兰花姑姑闻声跑过来，一见是小哈，忍不住大笑起来。

“小淘气，你干吗不睡觉，偷偷摸摸跟在我们后面干啥？”兰花姑姑把小哈拉起来，朝他屁股上轻轻给了两巴掌。

马小哈也乐了，他反问了一句：“你们干吗到这儿来？我知道，你们有秘密行动……”

“秘密行动？”舅舅和兰花姑姑对视一笑，然后指着马小哈的鼻子说，“你呀，真是个机灵鬼，一定是我们说的话给你偷听了，对不对？”

马小哈不吱声了，他唯恐舅舅把他打发回去，便央求说：“带我去看看好吗？我一定保密。”

“带你去可以，”舅舅语调严肃地说，“不过，到了那儿，手脚不准乱动，听见没有？”

马小哈一听，高兴得蹦了起来，满口答应道：“行，行，我以少先队员的名义向你们保证，服从命令听指挥！”

他们三人推开花公公家的木栅门，穿过紫藤架，月光下只见一位白胡子、白眉毛、白头发的老人站立在那儿。他身披一件宽大的对襟白褂子，腰间束了一条白色宽腰带，精神矍铄，完全看不出快有七十岁了。马小哈一见老人，忙上前亲热地叫了声：“花公公——”

花公公一听，顿时眉开眼笑：“啊，是小哈啊！长这么高了。怎么，你也参加我们的科学试验吗？”

马小哈根本不知道他们半夜三更是搞科学试验，而且看起来花公公也是其中一员，他只好含含糊糊地“嗯”了一声，跟随着舅舅他们一起进屋去了。

走进花公公的房间，马小哈头一次看到了舅舅从城里买回的那台仪器。它稳稳当当地放在靠墙的大桌子上，看上去酷似一台电视机，正面却有三个小荧光屏，旁边还连接着许多叫不出名字的仪表和五颜六色的小灯泡。“咦，这个电视机可真稀奇，怎么有三个荧光屏？”马小哈边说边上前用手去摸那台仪器。

“别动！”舅舅严肃地说。

“小哈，到这边来。”兰花姑姑见马小哈满脸委屈的表情，亲昵地把他叫过来，对他说，“那不是电视机，是植物语言翻译机。”

“植物语言翻译机？”马小哈被这个陌生的名词蒙住了。他以为自己耳朵听错了，因为他在学校听老师讲过，自然界除了人类以外，其他生物都是没有语言的；不但植物没有语言，而且动物也没有语言。既然它们没有语言，要语言翻译机干啥？“兰花姑姑，你骗人，我才不信呢！”马小哈不禁反驳道。心想，你们别小看人，我都小学毕业了呢！

兰花姑姑笑了笑：“过来，你听听。”说罢，她把马小哈带到桌子旁边，从舅舅手里接过一副耳机，戴在小哈的头上。接着拧开旁边几台仪器上的许多旋钮。

“你坐下来仔细听听，把你听到的声音告诉我们。”舅舅说。

马小哈心里半信半疑。尽管从大人严肃的口气中听得出来，兰花姑姑不是在和他开玩笑，但是他仍然弄不明白研究植物的语言有什么用处，难道人要和大树谈话不成？想到这里，马小哈不禁哧哧地笑起来。

“别笑！”舅舅板起面孔说。兰花姑姑在一旁摆了摆手：“小哈，注意，马上大松树要和你说话了……”

听兰花姑姑这样一说，马小哈顿时收敛起笑容，屏声敛息倾听着耳机里的动静。这时，屋子里静得连一根绣花针落地的声音都能听得见。马小哈面前那台“植物语言翻译机”的三个荧光屏闪动着光点，渐渐地出现了清晰的影像。马小哈一看，原来是花果山上那片松林，只不过中间的荧光屏是一幅松林的远景，两边的荧光屏上是一棵棵松树的特写镜头，在缓慢地移动着……突然，耳机里面隐隐约约传来轻微的响声，马小哈本能地双手捂紧耳机。

“听见了吗？”兰花姑姑问道。

马小哈点点头。兰花姑姑会意地拧动放大音量的旋钮。果然，耳机里的声音清晰多了。这是一种他从来没有听过的声音，它既不像风声和雨声，也不像海浪拍岸的波涛声，它像是病人痛苦的呻吟，声音悲切，令人伤感，连马小哈这样只有十一二岁的孩子，听了也不由得心里难过起来，他皱着眉头，脸上浮现出痛苦的表情。

马小哈表情的急剧变化，被兰花姑姑、舅舅和花公公一一看在眼里，他们交换了一下眼光，会意地点点头。

这时，兰花姑姑揿了一只按钮，荧光屏上的影像顿时消逝了，耳机里的声音也跟着消失了。

“小哈，听见什么啦？”舅舅急不可待地问。

马小哈眨眨眼睛，几乎不加思索地答道：“大松树哭了，哭得挺伤心……”

“真的吗？”舅舅和兰花姑姑不约而同地问道。他们显然被这个回答惊住了。

马小哈点了点头。这时，坐在一旁的花公公满意地摸着白胡子，像是下结论似的说：“小孩子的听觉最灵敏，大人觉察不出来的声音，孩子却能听出来……”

兰花姑姑太激动了，她一把搂过马小哈，不知说什么才好。

舅舅决定再试试别的波段，叫马小哈把耳机再戴上。兰花姑姑连忙揿了揿按钮，荧光屏上出现了新的影像：一片枝叶繁茂的桃树，在朦胧的月色中隐约可见。这一次马小哈回答得更加叫人摸不着头脑，他笑嘻嘻地告诉兰花姑姑：“它们说，好凉快哟，真舒服极了……”

兰花姑姑的手微微颤抖起来。她不得不抑制自己的激动，才勉强把旋钮拧到另一个角度。当荧光屏上出现运河岸边一片绿油油的稻田时，马小哈突然收住了笑容。

“怎么啦？”兰花姑姑和舅舅同时探头问道。

“它们在睡觉，睡得可香哩……”马小哈双手摘下耳机，轻声地说，好像唯恐惊扰了水稻的睡眠似的。

看着马小哈一本正经的神态，兰花姑姑、舅舅和花公公都忍不住地大笑起来。然而，马小哈却没有笑。他是个爱动脑筋的孩子，刚才发生的这一切，使他百思而不解。植物也会说话，松树、桃树、水稻都能用一种特殊的方式表达自己的感情，说明自己的喜怒哀乐，这一点，他已经确信无疑了。可是，他始终不明白，不会跑、不会跳的植物怎么会有语言。

此刻，兰花姑姑忙着继续试验，她将植物语言翻译机收到的信息输入一台电脑进行处理，检验马小哈刚才听到的信息是否可靠。马小哈走到舅舅身边，向他提出了自己的疑问。

为了不影响兰花姑姑搞试验，舅舅悄悄地把马小哈带到院子里的藤萝架子下面。这时，月明星稀，万籁俱寂，舅舅在院子里的一棵枝叶婆娑的老梨树下停住了，对马小哈说道："你别瞧树木花草一辈子固定在一个地方，浑身也没有长个嘴巴，可它们和猫呀，狗呀，鸡呀一样，都是活的，有自己的特殊语言，只不过我们过去不懂它们的语言罢了……"舅舅在老梨树下的石凳上坐下，继续说道，"就说这棵老梨树吧，春天来了，风和日暖，细雨绵绵，它就高高兴兴地抽条发芽，一面还唱呀笑呀；要是遇到有人欺侮它，砍断它的枝条，摘掉它的花朵，它也会伤心难过，哭着说'疼死我了，疼死我了'。一到冬天，寒风凛冽，你要是不用稻草把它保护好，它就会浑身打哆嗦，喊着'冷呀，冷呀'，就像人赤身裸体过冬一样。你说它有没有感觉呢？"

马小哈听得着了迷，忍不住回道："舅舅，平常我们怎么听不见它们说话呢？"

"这个道理挺简单。"舅舅说，"一来它们说话和人类不同，它们的语言是一种特殊的信息，就像看不见的电磁波一样，我们的耳朵是接收不到的，必须用一种灵敏的电子仪器才能听到；二来它们的语言我们听不懂，就像外国人说话，咱们听不懂，所以要经过翻译。我今天买来的那台机器，就是专门翻译植物语言的，这是一种新产品，实际上它是一种植物信息的监测仪，我们给它起了个通俗的名称，叫它‘植物语言翻译机’。”

舅舅这样一解释，马小哈心里顿时豁亮了。可是，他脑子里又跳出一个问题：“研究植物的语言有什么用处？”他问。

“你知道，我们农民和各种农作物打了几千年的交道，不管是种庄稼、种果树还是造林，都是凭老经验办事，却不了解它们的语言。比方说，我们接待一位外宾，不懂得他的语言该有多别扭。他肚子饿了，你却给他一碗浓茶；他想休息，你却请他去参观，你说这不是就坏事了吗？”

“哦，我懂了！”马小哈恍然大悟说道，“如果懂得了植物的语言，它们饿了，马上给他们施肥；它们渴了，马上浇水；它们长了虫子，我们马上喷药灭虫，对吧？”

“对呀，对呀！”不知什么时候，花公公走到他们身边，连声说道。

花公公还告诉马小哈，庄稼、果树也喜欢听音乐，特别是很优美的曲子，它们听了会觉得很舒服，会促进它们的生长。

“不过，它们可不喜欢乱七八糟的声音，这跟人一样……”花公公说。

“我上回来时，听见夜里你吹笛子了，真好听……”马小哈说。

这一老一小说得很投机，突然兰花姑姑从屋里急匆匆地出来，跑到花公公面前。

“爹，山顶上那片松林的确有了虫情，可能局部地区出现了松毛虫。”兰花姑姑说。

“这跟小哈刚才听到的完全符合。”舅舅说。

“这样吧，”花公公思考了片刻，对舅舅说，“明天一早，打电话给植物保护公司，请他们火速派飞机来喷洒药物，记住，要他们用松树1号防护剂！”

一天的黎明时分，舅舅和兰花姑姑一道，开着那艘轻便摩托艇，送马小哈回家——当然，他们进城还有别的任务，那就是采办结婚用品，因为他俩不久就要办喜事了。

运河两岸的树林被轻纱般的雾霭隔成了上下两截。当摩托艇划破了清澈的河水，掀起阵阵涟漪时，马小哈突然听见从花果山的树林中飞出了悠扬激越的乐声，这声音飞过翠绿的山岗，飞过淙淙的渠道，一直钻进马小哈的心里。他问舅舅："花公公又在吹笛子了？"

"不，这是我们的实验室和植物对话呢。"坐在艇尾的兰花姑姑抢着说。

"和植物对话？"马小哈瞪大眼睛，感到非常新鲜。

"当然。植物对音乐特别敏感，我们分析了各种农作物的语言，发现它们有相当数量的语汇是由音乐构成的，所以我们模仿了它们的语言，录了磁带。"舅舅说，"当需要它们快快生长时，就用这种音乐与它们进行信息交流……"

"啊！太有意思了。"马小哈明白了。他想，刚来姥姥家的那天晚上，听到的田野的乐曲声，一定是兰花姑姑他们在和庄稼对话，也许是叫它们快快睡觉，以便明天早起，迎接东升的太阳吧。

马小哈笑了，他觉得这个暑假过得太有意思了。他要把这些见闻告诉小伙伴们，让大家知道种庄稼、种果树也需要很多科学技术呢……

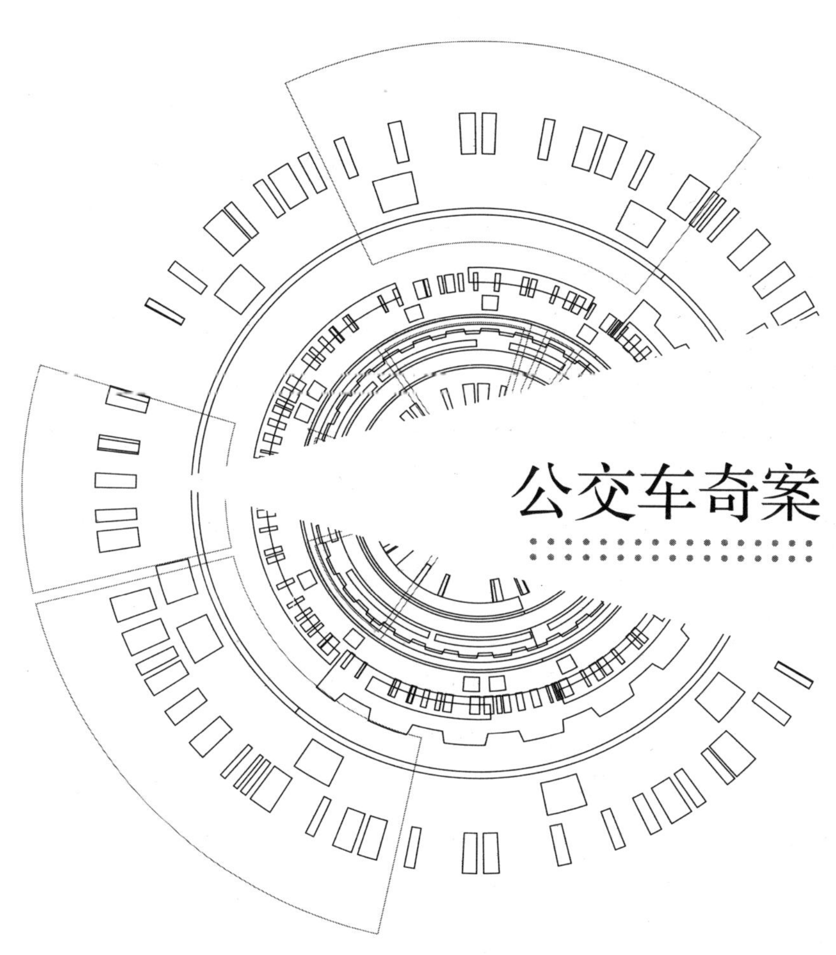

公交车奇案

一

巡警队长李力刚骑着白色摩托，风驰电掣地赶到411路公共汽车总站，一进那片树林旁边的调度室，就像闯进了一个喧闹的蜂巢。

调度室是一排平房东头最大的房间，大约25平方米，平时只有调度员和几个临时在这里休息的司机、售票员，这会儿却挤满了不同年龄的乘客，十几张嘴巴发出激动高昂的声音，谁也听不清谁在说什么。

当李立刚推门而入时，所有的目光不约而同转了过来。他是从110报警中心赶来的。报警的是411路总站的调度员老王，他说得含含糊糊，大意是刚进站的一趟公交车出了乱子，有三个年纪很大的乘客哇哇地哭，到了站不肯下车，非要和公交车讨个“说法”。

李力刚皱着眉头，强忍着怒火，冲着话筒吼着：“你说清楚点儿，究竟发生了什么事！是遇到了劫匪，还是有小偷作案？”

过几天就是春节了，作案的特别多，110报警中心一天24小时电话不断。巡警队的哥们儿忙得脚丫子朝天，这类小偷小摸的事儿根本排不上号，难怪李力刚心里窝着一团火。

偏偏报警的那个调度员老王是个不温不火的慢性子，仍然对着话筒慢条斯理地说：“不是劫匪，也不是小偷什么的，可问题据说十分严重。这么说吧，当然我也没有亲眼看见，不过按乘客们说——他们这会儿就在调度室里，还有那三个哭哭啼啼的乘客——这三个乘客是两男一女，看样子有六七十岁。他们刚上这趟车时只有十六七岁，可是没过多久，就像变戏法一样，他们一下子满头白发，牙也掉了，两个男的长了好长好长的胡子，你说这事儿怪不怪……”

李力刚听着听着，气不打一处来，心想今天准是碰上了个疯子，要不就是有人恶作剧。这年头，人们心理不正常的居多，有人闲得无聊，成天给110报警，前几天就抓了几个骚扰110的混蛋……

“喂，你是谁，你是不是吃多了，没事找事！”李力刚的声音提高了八度，他没有耐心再听下去，报警中心的几部电话响了起来。

他打算撂下电话不予理会，不料对方却缠住不放：“别，别，别……你们务必快点儿来，我们这里已被乘客包围，无法正常工作，该出发的车也耽搁了，闹不好要影响全市的交通……”

也许是这句话提醒了李力刚，市政府刚刚下达保障春节期间公共交通运输的紧急通知，他可不想闹出什么麻烦，到时候弟兄们的年终奖金可就泡汤了。

这时，监控电话也确定报警者不是恶作剧，而是从411路总站调度室打来的。

不管是真是假，李力刚决定亲自去一趟，再说，他手下的精兵强将也都撒出去了，值班室里无人可派。

不过，对于调度员老王的报案，李力刚仍然心存疑窦。什么乱七八糟的，十六七岁的人坐了一趟公交车，会变成六七十岁的老头老太婆，简直是天方夜谭。如果是真的，那不是大白天见了鬼嘛……这年头，真是无奇不有。他一边想，一边踩着油门，警车尖叫着朝411总站疾驰。

二

李力刚一进调度室那间闹哄哄的房间，立即意识到情况比他想象的要复杂得多。

他一眼就发现，屋子里的人明显分为三拨，一拨是公交车的司机、

售票员，还有那个坐在调度员座位的报案人老王，他是个胖胖的老头。李力刚一进门，他就上前握了握对方的手，做了自我介绍。另外一拨的十几个人都是同车的乘客，也是事件的目击证人。不过最引人注目的还是事件的中心人物，那三个坐在长条木椅上的“老头”“老太太”。他们神色沮丧，脸上挂着泪痕，不用说李力刚也知道，他们就是调度员老王形容的、一瞬间变成老年人的三个倒霉蛋。

李力刚无论如何也不相信，这两男一女在不到一个小时前还是十六七岁的小伙子、小姑娘。

他是个经验丰富的老资格警探，经手办的疑难大案，连他自己也记不清。不论是多么扑朔迷离的案件，还是根本不合情理、别人难以置信的疑团，李力刚都见多了。可是，此刻当他瞅着长条木椅上的三个“老人”，他的脑子不由得轰的一声。

李力刚一言未发，目光从每个人的脸上逐一扫去，不禁眉头紧锁。他发现，周围的人，除了那个一脸不快的司机和年轻的女售票员，所有乘客都是上了年纪的老头老太太，却没有一个小孩或者中年人。这趟车怎么会有这么清一色的老人？

再看看那三个哭哭啼啼的“老头”“老太太”，从外表看，他们的年龄不小，头发花白，一副老态，可是穿着打扮和他们的年龄很不协调，怎么看都怪别扭的。

那两个“老头”像电影里的西部牛仔，身穿紧身的皮夹克，底下是肥大的喇叭裤，其中一个“老头”留着披肩发，男不男女不女，戴着一副墨镜。另一个“老头”更怪，虽然头发花白，发型却像个嬉皮士，剪成了时髦的“长毛刷子”，一晃一晃，怪滑稽的。

那个“老太太”更酷，鸡皮鹤发，涂脂抹粉，活脱像个化装舞会的妖精。她身上穿着束腰的呢子短大衣，肥裤腿的喇叭裤，脚上是足有一寸厚底的松糕靴，高挺的鼻梁上架着一副玫瑰色的三角眼镜。

李力刚仔细端详这三个活宝，强忍着没有笑出声来。不管怎样，他觉得这两男一女的模样怪怪的，他们到底是什么人呢？

他刚要开口询问，十几张嘴巴争先恐后地叫嚷起来。

“大家安静，你们这样讲我什么也听不清。”李力刚举起双手道。“这样吧，一个一个来，”他转脸向调度员老王，“王师傅，你找间空房，我先借用一下。”

汽车站有一排平房，调度员老王立即打开隔壁的房间，那里是储藏室，墙根堆满修车的工具和备用的汽车零件，靠窗有一张木头桌子，还有几把折叠椅子。李力刚多个心眼，又把手机接通110报警中心，让女巡警小黄来做记录。等小黄风风火火赶来，他们让在场的人分成若干批，带进储藏室，逐一笔录，还让每个人留下家庭地址和电话号码。

第一批进来的是那些搭车的老头、老太太，听他们啰啰唆唆谈完，李力刚很客气地打发他们回家了。他们谈的内容大同小异。

接着进来是当班的司机和女售票员。

“我什么都不知道，”那个说话瓮声瓮气的司机抱怨道，“本来，拉完这趟车，我就下班了，没想到碰上了这档子倒霉事……”

司机专心致志地开车，不大可能见到车厢里发生的事，这倒是合乎情理的。

李力刚点了点头，掏出上衣口袋的香烟，递给司机一支，自己也点燃一支，猛吸一口，刚才跟那些上了岁数的大爷大妈整整扯了个把小时，他有点口干舌燥了。

“你说说经过吧……”他朝着瓜子脸的女售票员问道，“你也认为那两男一女，真的是从十六七岁变成六七十岁？”

女售票员肯定地直点头：“我亲眼看见，还能有错！我记得清清楚楚，他们三个是一块儿上车的，上车后就坐在前排的座位。一路上这三个年轻人打打闹闹，嘴巴不闲着，说说笑笑，还不停地吃东西。后来……对了，汽车经过花园村站，上来许多老头老太太，我还喊了几嗓子，让年轻人让座位，可是那三个年轻人装作没听见，继续打打闹闹，我心里还很生气，心想这帮年轻人真差劲，一点儿文明礼貌都不懂。可是我一个售票员又哪能管得了那么多，只能睁只眼闭只眼。车上乘客很多，挤得满满的，我只顾卖票、查票，这时听见前边有人吵起来，有人骂道：‘太不像话，让老年人站着，年纪轻轻都不让个座。’也有人搭腔：‘什么玩意儿，别看人模狗样的，谁知道是个什么东西。’这话肯定是冲那三个年轻人的。那两男一女当然也不是好惹的，立刻对骂起来，什么脏话都有，我也不必在这里重复。当时，我被挤在乘客中间无法挪动，只能大声喊‘大家少说两句好不好’，我真担心他们动起真格的，那可不是闹着玩的。幸好，车快到站了，是西郊站，我连忙报站名，让下车的做好准备。这时又听见前面有两个孩子和那三个年轻人发生争执，他俩冲到那三个年轻人面前，从那个披肩发手里夺回什么东西，嘴里还不停地骂道：‘你们这帮强盗，凭什么抢别人的东西！’”

李力刚抬起手，打断女售票员：“你说慢点儿，你是说后来又有两个孩子和他们吵架，还争夺一个东西，那两个孩子怎么没见着？”

女售票员答道：“车一到西郊站，他们俩就急急忙忙下车了。”

“那后来呢？”记录的小黄插话道。

“后来，车子又开了呗。这时车上的乘客不多了，很多人在西郊站下了车，也没有什么人上车。对了，就在这时，车上的乘客突然一阵惊叫，我也转过脸朝四下张望，发现那三个年轻人好像中了邪，黑油油的头发也白了，脸上起了皱纹，一下子变了形，就像电影里少女变老太太那样，快极了。他们仨起初自己并没有发觉，还在嘻嘻哈哈的。过了一会儿，他们发现大家的目光都在注视自己，这才意识到情况不妙。那个女的从背袋里取出化妆盒，用镜子照了照，突然哇哇哭了起来。那两个男的夺过她手里的小镜子，接着也吓得嚎起来……”

“对不起，你仔细回想一下，根据你刚才所说，在西郊站下车的人很多，原先很拥挤的车厢后来很空了。那么有没有这种可能，那三个年轻人也在西郊站下了车，后来坐在座位上的是另外三个老人，”李力刚用手指敲了敲桌子，“会不会看花了眼……”

显然，李力刚始终认为这是一场闹剧。

瓜子脸眨巴眨巴大眼睛，瞅了瞅一旁满脸不耐烦的司机，脑袋摇得像拨浪鼓，“不，绝对没有下车，我一直盯着这三个年轻人，因为他们上车一直没有买票，也许他们有月票，等他们下车时我会查票的，所以我很注意他们。”

她的回答无懈可击，而且跟乘客们讲的内容几乎没有出入，只不过比那些老头老太太讲得更详细。

“对了，你说到有两个小孩子，他们和三个年轻人发生争执，他们是在什么地方上车的，有什么特征？”李力刚又问。

瓜子脸一脸茫然，歉意地笑笑：“没注意，我只知道他们在西郊站下了车……”

这时，一直沉默的司机却开了口：“我倒是看见了那两个小孩，车停在西郊站，他们从前门下的车，我无意中看到了他们的背影。”司机补充道，“那两个小孩十二三岁，一个胖胖的，脑袋很大，平头，白色棉运动衫，另一个比较瘦，个子稍高，留分头，对了，他穿的也是校服，白色的运动衫，上面有红色条纹，胸前有实验中学的字样，大概是实验中学的学生吧，他们下车后就朝车后猛跑，那个胖胖的孩子手里还拿了个东西……”

“什么东西？”

“没有看清楚，当时只顾着注意上下车的人……好像是个玻璃瓶子，比茶杯要小……”

李力刚对司机提供的情况很满意，让小黄记下来。“你讲完了？”他又转向瓜子脸，“还有什么补充吗？”

“后来的事嘛，大家围着那三个哇哇直哭的两男一女，他们一个劲儿地说什么‘这可咋办，我们马上要死了，这究竟是怎么回事’，那个女的哭得像个泪人儿，冲着我直嚷嚷：‘你们得负责，我们成了这个鬼样子，你们公交车得承担责任，我们要打官司，你们要赔偿我们的损失……’她这么一说，两个男的也不依不饶地说：‘对，跟你们没完，你们公交公司得给我们一个说法！’态度凶巴巴的。说老实话，我开始还比较同情这三个人，可是他们这么胡搅蛮缠，蛮不讲理，我也气不打一处来，朝他们嚷了起来。这时车厢里也炸开了，有劝架的，有出主意的，七嘴八舌，乱成一团……”瓜子脸越想越生气，索性从椅子上站起，双手比比画画地说。

那个司机插话道：“事情经过就是这么回事，我虽然在开车，耳朵可没闲着，后来实在忍耐不住，我冲车里大声喊道：‘你们别吵行不行！走吧，到调度室去，有什么理到那里去讲！’这时，到了终点站，我也不停车，直接把车开进停车场，这不，后来调度员老王给110报了警，再后来，你就来了……”

李力刚半天没有吱声。看来，事情并不像他想象的那样简单，如果在场的人所讲的确有其事，没有水分，那么这件事恐怕是轰动全国，不，该是轰动世界的新闻。这是不是一起有预谋的案件，他心里还没有谱，因为还不知道作案的动机，是谁作的案也不清楚，但是那三个年轻人在短短的瞬间变衰老了，却是实实在在的事实。对了，他们会不会很快死亡？如果按他们衰老的速度，那也是难以阻止的。如今，高科技成果多得令人眼花缭乱，什么稀奇古怪的事不能发生呢？

想到这里，李力刚不免着急起来。他朝那个司机和女售票员说：“先谈到这里吧，你们可以走了。”当司机和女售票员到门口时，李力刚说：“麻烦你们把那三个年轻人——不，那两个‘老头’和‘老太太’叫来……”

话音刚落，调度员老王慌张推门而入：“不好了，他……他们三个人不见了！”

李力刚和小黄霍地站起，飞快地夺门而出，当他们进入空荡荡的调度室，壁间的挂钟清脆地敲响，已是下午6点了。

冬天的夜幕早早垂挂在城市的上空。不知什么时候，纷纷扬扬的雪花飘洒而至，停车场铺上一层薄薄的银粉。

那三个说不清是年轻人还是老人的“怪物”，像水蒸气一样蒸发得无影无踪……

三

雪越下越大了……

像一柄利剑直插天际的报警中心大楼灯火辉煌，无数明亮的窗户像一个个睁大的眼睛，警惕地注视着夜幕笼罩的城市。这里不分白天黑夜，也没有假日休息，始终处在高度紧张状态。

李力刚和小黄披着一身雪花匆匆赶回，刚刚迈进电话铃声此起彼伏的值班室，一个脸色红润的值班巡警步履匆匆迎了过来，他是从楼上跑步而来，气喘吁吁的。

“李队长，刘局长让你马上去他办公室……”

“什么事这么慌慌张张的……”李力刚瞪了一眼他的部下，不满地回敬了一句。

年轻的值班巡警尴尬地笑了，朝一旁的小黄做了个鬼脸，“刘局打了三次电话，所以……我到处找你……具体什么情况我也不知道。”他结结巴巴地说。

“知道了。”李力刚向小黄吩咐道：“你把记录整理一下，输入电脑，对了，马上通知有关部门，特别提醒各处的巡警，注意有没有那三个可疑的人，把他们的特征告诉大家。一旦发现他们的踪迹，立即想办法先扣下来再说，听明白没有？”

“是！”小黄很干脆地答道。她穿警服快一年了，还是头一回跟大名鼎鼎的李队长办案，小丫头觉得很刺激。

李力刚交代完毕，朝大厅走去。突然，他转身朝小黄喊了一声，从制服口袋掏出一个塑料袋子，顺手扔了过去。

“把这个马上送到实验室化验，看看究竟是个什么成分。”

小黄接过塑料袋，“是！”她回答得更加干脆。

在411路总站，当他们得知那三个身份不明、年龄难以捉摸的两男一女不见踪影后，李力刚和小黄都很沮丧。本来，也许用不了三言两语，真相就会大白。现在麻烦大了，当事人不见了，连调度员老王也说不清他们是什么时候悄悄离开的。他当时只顾忙着调度车辆，忙得不可开交，偏偏把那三个重要的当事人忘个一干二净。

李力刚决定先回报警中心再说，不过，临走时，他让那个急着回家的司机和售票员带他去看看现场，那辆停在平房前的公共汽车好在还没有派上用场。

司机打开车门，车厢里空空荡荡。

“那三个人坐在了什么地方？”李力刚问。

女售票员走到车厢前部，指着靠窗的一排三座的座椅。

这排座椅紧靠着司机后边，是竖着摆放的，对面也是相似的三座座椅。车厢里其他的座椅却是横着摆放的。

李力刚一眼发现，这排座的靠背上方标有红漆写的一行字——老弱病残专座，在许多公交车上，都设有这样的专座，是为老人、孕妇、行动不便的残疾人预备的。

怪不得这三个年轻人占着这排座位，不肯主动给老年人让座，惹怒了同车的乘客。

李力刚觉得奇怪，如今文明乘车蔚然成风，特别是老弱病残专座，年轻的乘客，甚至中年人都不会就座，这是人人自觉遵守的社会公德，怎么会出现不肯让座，闹到不可开交的局面呢?

他仔细地检查座椅，没有发现什么，接着又蹲下来，掏出微型强力电筒，朝座椅底下照射。忽然，他的眼睛一亮，贴着椅腿的夹缝里有一粒棕色的球状物，像是一颗巧克力糖豆。他用双指小心翼翼夹起，然后放入随身携带的塑料袋里。

他交给女巡警小黄的那个塑料袋，里面装的就是这颗巧克力糖豆似的东西，和本案是否有关，李力刚还不清楚。

报警中心与公安局合用一幢大楼，李力刚乘电梯上了18层，径直朝刘局长的办公室大步而去，却和刘局长不期而遇。刘局长行色匆匆，夹着公文包从办公室出来。

“大李，你来得正好，走吧，跟我一块儿去……”刘局长不由分说地拽着他的胳膊说。

李力刚一脸茫然：“刘局，上哪儿？”

“上哪儿？今晚就甭想睡觉了。”刘局长故意卖关子，所答非所问。“还没有吃饭吧？”他看了一眼腕上的手表，“走，还有15分钟时间，咱们到地下餐厅弄点儿吃的再说……”

李力刚没有多问，他知道刘局长的脾气，他不想告诉你的事，最好免开尊口。于是，他顺从地随同刘局长下到地下餐厅，说心里话，他确实饥肠辘辘，现在最重要的是填饱肚皮。

15分钟解决“战斗”，然后钻进刘局长的专车。这当儿，刘局长告诉司机，又像是透个信息给李力刚：

“国家航天中心——”

航天中心和110报警中心怎么会扯在一起呢？

四

411公交车的那个司机眼力不错，他看见的两个下车的男孩，个子胖胖墩墩的是马小哈，另一个瘦高挑儿，穿白色运动衫校服的，是他的铁哥们儿，叫吴小明。他俩是同窗好友，实验中学初一班的。

马小哈和吴小明在公交车上遇到什么事呢？

说来话长。这几天，马小哈吃饭饭不香，睡觉不踏实，眼瞅着春节一天天临近，他像热锅上的蚂蚁一样烦躁不安。这天晚上，后半夜了，他却从床上爬起，蹑手蹑脚地走到阳台，东瞧瞧西看看，皱着眉头，自言自语地说：“这可怎么办，这是怎么回事……”

如果有谁发现马小哈神经兮兮的模样，准会以为他患上了梦游症，或者以为他的大脑袋瓜儿有什么不正常。

阳台宽敞，有半间房大小，白天阳光灿烂如同一间温室，因为阳台封上了玻璃窗。

马小哈在阳台上种了好些花，海棠、杜鹃、米兰、郁金香和福建漳州的水仙，有十几盆，水仙球茎是从花卉市场买来的，放在三个漂亮的圆形瓷钵里。他寻思，一到春节，三钵水仙绽开洁白素雅的花朵，幽香袭人，那该多美呀！

马小哈种这么多花干吗呢？春节期间，他们班的小志愿者要去社区的老人院，给那些无儿无女的老爷爷老奶奶拜年，那个老人院是他们联系的服务点。到时候，送给老人们的礼物，就是阳台上栽种的一盆盆鲜花，姹紫嫣红的杜鹃呀，郁金香呀，海棠呀，还有三钵清香扑鼻的水仙。这是他和吴小明共同想出的主意。他们寻思，用美丽的鲜花布置老人院，让那些老爷爷老奶奶和鲜花做伴，比送什么吃的喝的更有意义，老人们一定特别高兴。吴小明家里没有这么宽敞的阳台，马小哈当仁不让地承担培育鲜花的任务，那些郁金香和米兰，都是吴小明从家里搬来的。

好事多磨，马小哈原以为栽花种草小菜一碟，用他的话说，不就是勤浇水嘛！所以也没把这回事放在心上。再说，他的兴趣广泛，寒假开始，又迷上滑冰，还参加集邮迷俱乐部，隔三岔五去邮市瞎逛……等他想起阳台上的花草，它们早就像旱地的麦苗——叶子都蔫了，马小哈这时又特别卖力，拎着塑料桶给它们灌了一个饱。

一来二去，那些花盆里的花木只有枯黄的叶，不仅没有开花，连个小小的花骨朵也遍寻不着。

到了这时，马小哈能不急吗？！抬头看见墙上的新挂历，眼看离大年三十没有几天了，阳台上的花草一个个无精打采，好像有意跟他过不去。

所以，这天后半夜，他猛然醒来，悄悄来到阳台，一不小心，塑料桶被他一脚踢翻了……

“你半夜三更不睡觉，闹腾什么？”妈妈被他吵醒，披着衣服从卧室出来。

马小哈望着一脸倦容的妈妈，心里很过意不去。她是个外科大夫，动刀子的。一上手术台一站就是几个小时，很晚才回家。马小哈很懂事，他可不想打扰妈妈的睡眠，话到嘴边又咽回去。

见他欲言又止，妈妈爱怜地摸了摸他的额头：“你是不是不舒服？怎么睡不着觉……”妈妈以为儿子病了。

听妈妈一再询问，马小哈便把心里的秘密和盘托出：“看样子这些花草都不会开花了，这回可真丢人现眼，你说倒霉不倒霉……”马小哈一脸沮丧，唉声叹气地说。

不料，妈妈听着听着笑了起来。“哎哟，我还以为是什么了不得的大事。你还会种花，那还要花卉公司干吗？这样吧，明天你去花卉商店买几盆花，我给你钱，怎么样？”

可是，出乎意料，马小哈一口回绝了妈妈的建议。“不，如果买花，谁不会呀？我们要送自己栽培的花，这才有意义。”马小哈嘴里这般说，但是更重要的原因没有说出口，因为他在小志愿者开会时早就宣布了他和吴小明的打算，这话怎么说得出口呢。

妈妈打了个哈欠，不想和他辩论。“你呀，跟你爸一样，死心眼儿。这样吧，我再给你出个主意，给你二叔打个电话吧，他准有办法……”

“找二叔？”

“对呀，你二叔是太空植物学家，连这点儿小事还没有办法？”妈妈说罢，回卧室去了。

马小哈对妈妈的建议半信半疑，他虽然知道二叔在空间站进行作物栽培试验，培养优良品种，改变基因，可是毕竟不是养花种草呀。再说，远水解不了近渴，二叔在太空飞行，远隔万里，能帮自己什么忙呢？

如果二叔回到地球，事情就简单多了，可是二叔何时归来，遥遥无期，只能打电话……对了，打个电话试一试，死马当作活马医，眼下，也只剩下这唯一的办法。

马小哈一夜难眠。天一亮，他早早起床，立即到车库里推出他的铁骑，一辆橘黄色的太阳能摩托，飞也似的来到吴小明家里。然后他载着吴小明，匆匆赶到电信大楼，那座插满天线的玻璃穹顶建筑刚刚开门。

宽敞的大厅一侧辟出一个透明的空间，是办理太空业务的，马小哈以前和爸爸一起来过，他们就是在这里和二叔通电话的，他对各种挺烦琐的手续一点儿也不陌生。在柜台前的一台电脑上，他输入了自己的姓名、年龄和学校名称，再输入二叔的姓名，然后把妈妈的一张信用卡和学生证递给对面的女营业员。

吴小明可是头一回见识，他没有想到打太空电话如此复杂。

女营业员瞅了瞅马小哈的证件，说："你们可要耐心等一会儿，有关数据传送到太空指挥中心，然后要等待空间站与地面指挥中心完成指定的通信联络完毕后，才可以安排私人业务。另外，你们要找的宇航员如果在休息，或者正在从事紧张的工作，都不能接通，那么，这次通话将会取消，另行安排。不过，我们还要收手续费的。"

听女营业员这么说，吴小明可沉不住气了。他拽了拽马小哈的衣襟。

"怎么啦？"

"我是说，这么点儿小事惊动科学家，不大合适吧……"

"哎呀，没关系，他是我亲叔叔嘛！再说，现在只有他才能帮我们。"

"可这要等到什么时候……"

"你别听她那么说，快得很，上次我和爸爸来，半个小时就接通了。"

他俩坐在沙发上边说边等，这时大厅里的人渐渐多了起来，不过，办理太空业务的房间始终静悄悄的，看来，谁没有急事也不会打太空电话。

过了个把小时，突然，扩音器叫开了"马小哈"的名字，通知他去1号电话间通话。

马小哈兴奋地站起来，直奔柜台对面的一排密闭的小房间，推开标有红漆书写的“1”字的房门，吴小明尾随而进。

房间里的扩音器继续响起：“请您坐好，戴上耳机，线路马上接通……”

与此同时，占据半面墙的大屏幕出现模糊的影像，不停地闪动。马小哈和吴小明分别坐在屏幕对面的皮座椅上，将椅上的耳机戴在耳朵上。

屏幕像是调整焦距的镜头，变得越发清晰，一个在空中飘浮的宇航员迎着镜头飞来，他的脸庞越来越大，占据了大半个屏幕。他很英俊，乌黑的头发有点儿蓬乱，笑容可掬，还朝着对方招了招手。

马小哈情不自禁地喊道：“叔叔，早晨好！”他的眼眶泪水涌出来了。

“哇，小哈，我都快认不出来了！”叔叔也从空间站的可视电话上看见了马小哈，兴奋地说，“你上中学了吧，了不起，还踢足球吗？啊，迷上了滑冰，不错不错……”叔叔笑得很开心。

马小哈和叔叔在电话里聊个没完没了，一旁的吴小明可沉不住气，捅了捅马小哈：“喂，快说正事吧……”

马小哈经他提醒，这才想起打太空电话的目的，于是，他啰里啰唆说了半天，总算把事情讲清楚。“叔叔，十万火急，要不干吗给你打电话，你可不能见死不救，有没有什么灵丹妙药……”

“好个马小哈，几年不见，学得油腔滑调……”叔叔先是一愣，接着忍不住笑了，“这样吧，你的问题很好解决。你马上去找你婶婶，让她拿一点儿‘生命Ⅰ号’，你好好看看使用说明书，按说明书操作，我估计没有什么问题。”

“真的？”马小哈顿时眉飞色舞，连声说，“谢谢叔叔，你说的‘生命Ⅰ号’放在哪儿？”

“问你婶婶，她知道的。”叔叔答道。

说罢，他说了声“问你爸爸妈妈好！春节愉快！”这时声音渐渐远去，屏幕上的叔叔也向后推移，越来越小，最终消失。

事不宜迟，马小哈决定马上去婶婶家，当务之急是拿到“生命Ⅰ号”，虽然不清楚这是什么灵丹妙药，但是从叔叔那样肯定的口气，他相信绝对有神奇的功效。

于是，他俩兴冲冲地推门而出，向大楼外的停车场奔去。

当他们走出大门时，有几个人推门而入，同他们擦肩而过，无意中彼此相视了一眼。就在这一瞬间，进门的人引起吴小明的注意。他们一共是三个人，两男一女，十六七岁的样子。可他们的打扮特别刺眼，穿的衣服怪气，一个男的披头散发，另一个头发剪成板刷式，染成红一块绿一块。女的嘴唇鲜红，脸蛋涂着白粉，还戴着一副三角异形镜，活脱脱童话中的女妖。吴小明似乎在什么地方见过这三个活宝，可就是想不起具体细节。

吴小明驻足望着两男一女的背影，见他们走进了办理太空电话业务的房间，他们一进去，立即同营业员争执起来，大声嚷嚷，吸引了不少人的目光。

就在这时，吴小明看见马小哈挥着手里的头盔，拼命地催他快走，于是他也急忙跑步而去。

当天中午，他们从婶婶家里取来了“生命Ⅰ号”，这是装在一个棕色玻璃瓶里的十几片药片，外表呈巧克力色，很像一颗颗巧克力豆。不过，婶婶——她是个年轻的大学副教授——特别地嘱咐他们，这种“生命Ⅰ号”是在太空失重条件下提炼的一种生物催熟剂，是马小哈的叔叔以前在空间站培育瓜果蔬菜时配制的，能够大大缩短植物生长期，加快瓜果的成熟。舅妈从电脑里输出一份“生命Ⅰ号”使用方法的文件，打印给马小哈，对他说：“你先要仔细地看看说明书，每次用的剂量一定要特别小心，别马马虎虎，知道吗？”

马小哈接过装着“生命Ⅰ号”的瓶子和说明书，开着太阳能摩托和吴小明一道在大街上飞驰，他俩都很兴奋，总算没有白跑一趟，看来他们种的花卉有救了。

不过，马小哈并没有直接把胯下的轻骑开回家，而是停在路边一家叫“十里香”的快餐店。他的鼻子很灵，早就嗅着了从那家餐馆飘出的诱人香味。也难怪，忙活了半天，他的肚子早就咕咕叫，先填满肚皮再说。

吴小明对此也没有异议，于是他们双双进了人声鼎沸的餐馆，找了一个靠窗的座位。

谁知道，麻烦就出在这儿……

五

餐馆一到中午，座无虚席。马小哈和吴小明刚落座，后来的人就只有在一旁等待了。

这家“十里香”快餐店物美价廉，饭菜可口，在城里很有名气，马小哈是这里的常客。

找好座位，马小哈将头盔放在椅子上占座儿，又将那个装有“生命I号”的玻璃瓶放在桌子上，然后起身到柜台付款。吴小明也没有多说，老老实实等他去买饭——那是一人一份的中式快餐，饭菜都盛放在一个不锈钢托盘里。

就在这时，吴小明抬头看见门外进来三个面孔很熟的人，两男一女，像一阵旋风穿过桌子之间的过道。他们的目光四处扫射，大概是寻找就餐的座位。可是很不巧，餐厅里满满是人，一个空位也没有了。

也许是他们的衣着打扮与众不同，吴小明一眼看出，他们仨正是刚刚在电信大楼遇到的那三个年轻人。他们也是去打太空电话的。对了，吴小明猛然想起，刚放寒假的那天黄昏时分，他在回家的路上，路过一家咖啡馆，突然里面吵吵嚷嚷，这两男一女和咖啡馆里的收银员扭打在一起。

收银员是个女孩子，质问他们吃了东西凭什么不付款。可是两男一女却蛮不讲理地说他们从来不带现金，只用信用卡。那个女的还把一张信用卡朝收银员扬了扬。

“不对，那张信用卡不是你们的，你骗不了我。”收银员也毫不示弱。

“没错，信用卡是张教授的，我们一切开销由他负担，不信你可以给他打电话呀。”那个女的双手叉着腰，似乎理直气壮。

“你骗谁呀，你把什么张教授的电话告诉我，我会给他打电话，如果你们撒谎，我就报警！”

“好呀，张教授在火星，你快点儿给他打电话……”那两个男的嬉皮笑脸地说，不知道他们是真是假。

收银员顿时气恼万分：“你……你们捣什么乱，我给火星打电话？你们怎么不说给天王星打电话……你耍我呀……”收银员气愤不过，拉着他们不放。

后来的事情，吴小明并不知晓，他匆匆离开了是非之地。可是，那三个坏孩子给人留下的印象太深，使他一眼就认出了他们。在吴小明的眼里，这三个人肯定是没有教养的坏孩子。

就在吴小明怔怔地望着这两男一女时，不料冤家路窄，他们却朝着吴小明坐的地方走来，吴小明把后背对着他们，免得招惹是非，没料到其中的毛刷头毫不客气地抓住椅上的头盔，重重往桌上一扔，然后一屁股坐了下来。

吴小明转过脸，说：“这里有人……”他压住心中的不悦。

那个头发像一撮毛刷的奸笑道：“笑话，难道我们不是人……”他还得意地冲着他挤眉弄眼。另外的一男一女放肆地大笑不止。

“喂，你想干吗？”吴小明恼了，问，“这不是欺负人吗？”

这时，马小哈手里端着饭菜走来，一看那毛刷头死皮赖脸坐在自己的座位上。“请你让开，这是我的座位。”他说。

“你的座位？这是你家的吗？”毛刷头望着马小哈，挑衅道。

“喂，你……你讲不讲理？有没有先来后到？”吴小明气得脸色煞白。

“讲理？”毛刷头望了望他的同伴，借题发挥道，“你瞧瞧，他们口口声声讲理，就是对我们不讲理……”

吴小明和马小哈没听明白他说什么，相互递了个眼色。马小哈伸手拿起桌上的头盔，扣在了头上，做出准备反击的姿势。他心想，看来这回要采取自卫反击了。

周围的食客也议论纷纷，大声谴责那三个无理取闹的年轻人，有人围拢过来，质问他们凭什么欺负小孩子。

见势不妙，那个妖里妖气的女青年拽了拽毛刷头，息事宁人地说：“算了算了，走吧，干吗在这个鬼地方吃饭……”

披长发的年轻人也装模作样地挤上前劝架，把毛刷头拽走了。

马小哈气鼓鼓地瞅着他们扬长而去，还想追上去，被吴小明一把拉住了。

“吃饭吧，别理他们。”吴小明劝道，他可不想把事情闹大了，因为毕竟不是他们的对手。

餐馆里恢复了平静，马小哈和吴小明坐下用餐，刚才的一场风波，搅得他们毫无胃口。

突然，吴小明一声惊呼：“不好，‘生命Ⅰ号’……”他发现放在桌上的玻璃瓶不翼而飞。

马小哈顿时大惊失色。

“是他们……”吴小明结结巴巴地说。

说时迟，那时快，他们立即放下筷子，飞快地穿行在餐桌之间，向门外奔去。那瓶好容易到手的“生命Ⅰ号”，看来被那三个年轻人顺手牵羊拿走了，他们是在混乱之中浑水摸鱼的。

真是不可思议，他们为什么要偷走“生命Ⅰ号”呢？是有预谋，还是恶作剧，马小哈和吴小明无法知道。

他们跑出“十里香”餐馆，四下张望。

街上人来人往，一辆辆公交车、小汽车川流不息。

忽地，马小哈的视线凝集在大街上空的过街天桥，他看见那三个人大摇大摆地走着，朝马路对面走去。他们不慌不忙，仿佛什么事也没有发生。

“看，他们在那儿！”

吴小明顺着马小哈手指的方向也看见了他们，过街天桥底下是汽车站。

附近有个风景美丽的公园，有许多退休的老人经常在公园晨练，现在纷纷回家。

车站的站牌附近，簇拥着一群候车的人。

马小哈顾不上多话，立即拉着吴小明跳上摩托，朝前飞驰，不过，他的轻骑无法飞向马路对面，也难以爬上过街天桥，他只能从前面的十字路口绕个大弯，才能追上那三个人。

于是，一场发生在街头的角逐开始了，因为当马小哈开足马力绕过天桥底下的车站，站牌底下已经空无一人。刚刚经过的一趟公交车，像是童话中的巨无霸，将所有候车的人都吞进腹中，然后飞快地逃之夭夭，连同那三个年轻人。

吴小明看了一眼路边的站牌：411路公交车。“追！沿着411路的行车路线，看他们能跑到哪儿。”他催促马小哈，像是指挥官一样发号施令。

马小哈高声地喊了起来，算是对他的回应。“坐好，抱紧我——”他猛地加大油门，从车流中箭一般地急驰而去。如果不是遇到几次倒霉的红灯，马小哈早就追上了停停走走的公交车。

摩托的速度很快，马小哈在滚滚车流的缝隙中钻来钻去，不仅终于追上了411路公交车，而且将它远远地甩在后面。

前面不远的路边立着411路站牌，那是红旗广场站，马小哈开着摩托车来到车站，将摩托停在一家商店的停车场，然后守株待兔地等候，他们都看见了缓缓驶来的公交车。

后来发生的事情似乎用不着多费笔墨。读者看到这里大体上也略知下文。最妙的是，那三个年轻人并未中途下车，恰恰就在这辆进站的公交车上。

车厢挤得水泄不通，从公园附近上车的老人也没有座位，因此那三个年轻人不肯主动让座引起乘客不满。不过，马小哈和吴小明对此一无所知。他们挤上车，买了票，立即像泥鳅一样从人墙中钻进去，他们的目标很明确。

那三个年轻人仍然打打闹闹，不仅对乘客的愤懑充耳不闻，反而享用起他们的一顿美餐——从餐馆桌上顺手牵羊拿来的玻璃瓶，正在那个长发的男青年手里。据后来得知，他以为瓶子里装的是美味的巧克力糖豆，于是他将里面的糖豆分给伙伴们，三个人吃得笑逐颜开……

马小哈见“生命Ⅰ号”被他们当作零食吃掉，他的愤怒再也抑制不住。他像一头被激怒的美洲豹，不顾一切冲上去，从长头发手里夺回瓶子，吴小明也不示弱，什么难听的话这时都脱口而出。

夺回了“生命Ⅰ号”的两个小伙伴没有恋战，当411路公交车在西郊站停下时，他们快快地跳下车，又跑回去找摩托。

然而，他们很快发现，玻璃瓶里的“生命Ⅰ号”只剩下了最后3粒。那三个活宝也许真的饿了，瓶子里的“生命Ⅰ号”统统被他们狼吞虎咽，这可真是难以估量的损失。

马小哈和吴小明当然没有料到，向总站驶去的411路公交车正在发生的事，用李力刚队长的话来说，那是轰动世界的一大新闻。

六

公安局局长刘克文心事重重地靠在座椅的靠背上，眉头紧锁，沉默不语。李力刚是个善于察言观色的人，他见刘局这副样子，知趣地闭上嘴巴，想说的话也憋在肚里，他知道老局长的脾气，这时候最高明的策略是免开尊口。

汽车里寂静无声，只有车轮碾压路面积雪的沙沙声……

离开了灯火明亮的市区，汽车很快驶入夜幕沉沉的山里。雪越下越猛了，路旁的树木披上了银色的冬装，好似肃立在风雪中的侦察兵，默默注视这辆行动诡秘的汽车。这样的鬼天气，公路上是很少有车辆的。

不知过了多久，李力刚迷盹了一会儿，汽车猛地刹车，停在风狂雪猛的黑暗之中了。

李力刚睁开眼睛，见刘克文推开车门走了出去。他立即跟着跨步而出。

大风卷着雪花兜头扑来。李力刚下意识地缩着脖子，嘴里嘟哝道："这是哪儿呀……"

刘克文吩咐司机原地待命，回过头对李力刚说："喂，一会儿不管见到什么，你可不要大惊小怪，也不要问这问那，听见没有？"

李力刚未置可否地"嗯"了一声，心里怪纳闷。眼前除了车灯照亮的前方看得见狂乱的雪花，周围一团漆黑，不知道刘局长把他带到了什么鬼地方。

刘克文从口袋里掏出一个火柴盒大小的金属盒，按了按上面的数字，那是一个数码通行证。

刹那间，黑暗中一束蓝紫色的光束从前方扫射过来，从他俩的全身掠过。接着，半空里传来浑厚低沉的金属般的男低音：“检查完毕，你们可以进来。”

蓝紫色的光束从眼前消失，他们脚下的地面开始移动，出现传送带似的旋转梯，黄色荧光的箭头闪个不停，没等李力刚反应过来，他俩已经身不由已地站在自动扶梯上面，迅速向下移动。

李力刚的眼睛渐渐适应了黑暗，他发现自己置身于一个弯弯曲曲的金属管道里，自动扶梯往下滑动，头顶和两旁是坚固的金属墙。

大约过了七八分钟，扶梯自动停住，迎面一扇金属门悄然启开，眼前一亮，他们踏入了地下一个灯火明亮的空间。

浑厚低沉的金属般的声音不知从何处传来：“请进入消毒间，脱去衣服，你们必须严格消毒。”

李力刚记着刘局长的叮嘱，没有多问，跟着进了标有“消毒间”的房间。两人脱掉身上的警服，然后赤身裸体地走进一个个隔开的小空间。不一会儿，房上的水龙头自动喷出温暖的热水，紫外线灯发出幽幽的荧光……这一通消毒程序，足足折腾了十来分钟。

消毒完毕，在旁边的像是休息室的房间穿上衣服，李力刚可再也憋不住了。

“刘局，你的闷葫芦里卖的什么药，到底是咋回事？这儿不像是航天中心呀？”

“不是航天中心是哪儿？”坐在椅子上穿裤子的刘局长反问道，不待对方回答又突然问：“大李，你听说过克隆人吗？”

李力刚一愣，没料到刘局长会提出这么个怪问题，“我不太清楚。只是听说各国政府颁布了禁止研制克隆人的法律，好像联合国还通过了国际公约，禁止研制生殖性克隆人，但对于医疗性克隆还是允许的，所以研制克隆人是犯法的事……当然我这都是道听途说。”

刘克文不住地点头，“不赖呀，你还知道不少嘛。”

李力刚两眼盯着刘局长：“你怎么突然想起克隆人来了……”

刘克文的嘴巴动了动，却没有回答。

浑厚低沉的金属般声音这时又响起来："请你们稍事休息，张子钦教授正在开会，他过一会儿才能见你们。"

话音刚落，李力刚忙问："张子钦教授？他不是那个大名鼎鼎的太空基因工程专家吗？他好像一直在火星上……"

刘克文招呼李力刚坐下。"有些话憋在心里好多年了，今天不妨都告诉你，因为你将要接手一个非常棘手的案子。"他拿起桌子上的罐装饮料，递给李力刚，"反正我也快退休了，我已经给市里打了请求退休的报告……"

李力刚心里"咯噔"一下，虽然局里早就风传刘局长快要退休，可从他本人嘴里说出来，这还是头一次，看来，老局长心里肯定有什么话要对他讲。

果然不出所料，刘克文向他道出一个天大的秘密。

15年前，火星的南极，冰川纵横的丘陵立着一排排防辐射金属集装箱式房屋，在绛紫色的天幕下异常醒目。这里是一座地球人建的科学城，一批不同国籍的工程师、科学家和技术人员生活在这里。一座金属的中国牌坊式门楼，矗立在城市中心地带，门楼上镶着"火鸟1号"几个金色大字，这就是中国航天中心辖下的火星基地。

刘克文那时40多岁，是太空巡警队一名高级警探，驾驶银色的太空歼击机，遨游在地球和火星的茫茫太空，这是他们巡警队的例行公事。星光灿烂的太空，像地球的海洋和陆地一样，也不安宁。自从火星的一颗卫星发现了品位极高的金属钛以后，中国航天中心在火星上又建起"火鸟2号"基地，在那里开采、提炼钛矿石，航天运输机频繁往来，太空巡警队的任务也格外繁重。

刘克文他们获悉，太空海盗的巢穴隐藏在火星外围的小行星带。那里有大量的小行星无规律地飞行，太空海盗们借助有利的地形、复杂的航线频频出击，偷袭装载钛矿石的航天运输机，屡屡得手，使航天运输机遭到惨重损失。于是，太空巡警队决定搞一次"严打行动"，捣毁太空海盗的巢穴。

不料，这次行动的绝密情报事先被太空海盗截获。当太空巡警队调集全部警力——7架太空歼击机和1架空中加油机，直扑小行星带时，太空海盗的4艘装备精良的太空船早就兵分两路，一路飞向“火鸟1号”基地，另一路飞向“火鸟2号”基地。等刘克文他们发现中计之后，形势变得对他们十分不利。尽管双方在火星南极上空发生了一场遭遇战，太空巡警队重挫了太空海盗，击毁了两艘海盗太空船，但太空巡警队也损兵折将，留守在“火鸟1号”基地的3名巡警被害，其中一名是女报务员，“火鸟2号”的损失更大，钛矿的矿井及冶炼厂被这帮太空恐怖分子炸毁，重新修复恐怕至少要花30年。

“这次事件发生不久，我被国家太空警署免去太空警探职务，调回地球重新安排工作，永远不得返回太空。”刘克文长叹一声，继续说，“后来从一个太空警署的老朋友那儿知道，我受处分的理由并不是基地遭到袭击，援救不力，另外还有原因……”

说到这里，刘克文一脸的无奈，大有往事不堪回首的意味。李力刚却浑然不解：“难道有人陷害你？”

刘克文摇摇头，苦笑道：“不，情况不是这样，我是自作自受，不过我至今并不后悔。刚才说过，在‘火鸟1号’基地，我们有3名太空巡警遇难，两男一女，我们都是共患难出生入死的伙伴，可他们却死于太空海盗之手，惨不忍睹。我当时伤心极了，不知怎的，我突然想到基地有位基因工程专家，他叫张子钦。我央求他克隆3位太空巡警，让他们重生。起初，张子钦很犹豫，经过我一再恳求，并带他到现场，他终于答应试一试。由于牺牲的3名太空巡警血肉模糊，尸骨分离，张子钦和他的助手费了好大的劲才收集到完好的活体组织，立刻放入冷冻器贮存。此后不久，他们开始秘密研制的生殖性克隆人进展很顺利，不过我那时已经返回地球，具体情形就不太清楚了。我被免职的深层次原因，据说就是知法犯法，唆使张子钦教授研制太空巡警的克隆人。听说警署的领导对此大为震怒，所以对我的处分比任何人都重得多……”

李力刚听刘局长说完这些往事，心里立刻明白今晚来访的意图。张子钦教授从火星返回地球，急忙要见刘局长。快要退休的刘局长冒着大雪亲自出马，这些绝非偶然——看来，一定发生了重要的事情。

不过，李力刚不露声色："刘局，我还是不明白，咱们来这儿干吗？"

刘局长道："你还不明白？航天中心向我们报案，说那3个克隆人失踪了……"

李力刚依然明知故问："你是说那3个太空巡警，啊，不，是那3个十多年前在火星上研制的克隆人？"

刘克文用力地动了动下巴颏："对，张子钦研制的3个克隆人突然失踪，所以他急急忙忙返回地球……"

刘局长还待要说下去，这时，休息室的灯光骤然格外明亮，旁边一扇隐蔽的门自动打开，门内出现一间摆着桌椅的会议室，一个中等身材、头发花白的人从里面快步走来。"很对不起，让二位久等了，快请进……"他边说边和二人握手。

来人正是张子钦教授，刘克文和他寒暄了几句，又将李力刚介绍给他。

他们在会议桌前就座后，张子钦立即开门见山地说："今天请二位来，实在是火烧眉毛。航天中心的几位领导刚刚和我开了一个会，通报有关情况，一致认为事态十分严重，所以务必请公安局协助，要千方百计找到失踪的克隆人……"

刘克文打断他的话："张教授，您慢慢说，不就是3个克隆人嘛，有您说的那么严重？"

张子钦拿起桌上的矿泉水，抿了一口："你听我说完，刘局长，李队长，我是昨天才返回地球的，航天中心紧急把我召回。你们可能不知道，我已经十几年没有返回地球，早就打算把这把老骨头埋在火星上了。我知道，你们每天跟各种案件打交道，见的事多了，失踪几个人在你们的眼里算不了一回事。可是这3个克隆人不同，他们的失踪不是小事，说不定会引起轩然大波。"

“张教授，我当然知道会有麻烦。可是据我所知，你们研制克隆人不都是在火星上进行吗，他们怎么会跑到地球上来了呢？”刘克文嘿嘿一笑，似乎是漫不经心地问。

这番话一出口，张子钦顿时脸色变了，他突然意识到面前的刘局长话里有话。他知道，克隆人这件事的处理，曾经大大伤害过刘克文，而且航天中心的克隆人计划过去一直是封锁消息、对外保密的，连公安局也不例外。这些复杂的双关语，虽然与他本人无关，但是刘克文肯定是有想法的。

“老刘，李队长，对你们二位我没有任何保留，实话实说吧，正如你们所知道的，所有克隆人的研制，长期以来都在火星上进行，这当然是为了避免法律纠纷，因为地球上是禁止的。可是，当克隆人诞生之后，长大了，你不可能让他们永远待在火星上，那对他们的成长不利，必须送回地球，所以航天中心不得不建一个克隆人村，让他们从小适应地球环境，完成他们的学业，培养他们，但是没有想到，麻烦出来了……”

李力刚忍不住问道：“我提一个小问题，张教授，你所说的克隆人村在什么地方？”

张子钦用手指头敲敲桌面：“这里就是，你现在就坐在克隆村的会议室。”

李力刚与刘局长的目光碰在一起，两人都有些吃惊，看来航天中心的保密工作做得十分地道，连公安局都被蒙在鼓里。

“这么说，这里有不少克隆人？”刘克文用不悦的口吻询问。

“不瞒你说，今天的情况和十几年前已经大不相同，研制克隆人早已成为公开的秘密，尽管地球上禁止研制生殖性克隆人的法律没有废除，可那都是骗人的鬼话，克隆人行业已经是当今最时髦的行业。你想，那些大腕、明星、阔佬、大人物，谁都想长生不老，让生命延续下去……”张子钦索性把底牌全部倒出。

“所以，你老兄如今是克隆科技开发公司的首席执行官？”刘克文不无讥讽回敬了一句。

张子钦顿时脸色通红，神情尴尬。“别说这个，此一时彼一时，现在我们还是研究一下如何找到那3个失踪的克隆人……”他用央求的口吻对刘局长说，又从桌上的卷宗里取出一份文件递给刘克文。

这是一份来头很大的机密文件，上面有许多大人物的批示。刘克文迅速浏览一眼，又推给李力刚。也许是这份文件产生了意想不到的效力，刘克文这才慢吞吞地说：“您说吧，我们公安局全力配合……”他的语气温和多了。

张子钦接着说，克隆人被送回地球，在克隆人村开始适应地球环境的训练，不久就发现他们在智力、心理素质上的变异，有的生理特征、体质也出现先天性缺陷。虽然目前对人的体细胞进行生殖性克隆，技术上没有任何问题，研制出来的克隆人在外貌、体形特征酷似原来的生命活体，可是智力、体质等遗传因素却大大打了折扣。比方说，你用爱因斯坦的体细胞克隆出一个跟爱因斯坦一模一样的克隆人，外貌和真的爱因斯坦真假难分，可是一旦测试就会发现，他的智商却跟白痴差不多，而且患有先天性遗传疾病，这都是当初始料不及的。

“就拿你刘局长知根知底的那3个太空巡警克隆人来说吧……”

张子钦正要往下讲，刘克文忍不住插话道：“怎么样？他们3个克隆人我还没见过……”

“甭提了，”张子钦无奈地叹了口气，答道，“他们的外貌特征应该说是相当完美的，如果你见了也不会相信他们是克隆人。但是作为第一代克隆人，他们的性格特征完全变异了。因为我在他们身上花费的心血最多，也最了解他们。我发现随着他们一天天长大——他们今年该有17岁了——他们不仅缺少太空巡警的优秀品质，而且奇怪的是，他们却具备了人类身上最可怕的犯罪基因。”

“这怎么可能呢？”刘克文难以接受这样的解释，他对牺牲的3个太空巡警太了解了。

“刘局长，事实是胜于雄辩的，我们做过仔细的测试。”张子钦也抬高声调回敬道。

李力刚站了起来，对张子钦说："你有他们的照片吗？"

张子钦立即打开文件夹，取出一摞照片递给李力刚。

刘克文挖苦道："这么说，你们研制的克隆人，不是白痴，就是给社会制造新的罪犯？"

不料，张子钦并不在意："我知道你会这样责备我的，不过，你别忘了，当初正是你千方百计央求我研制克隆人，让你们3个太空巡警复活的，至于出现这些问题，我以为并不在于追究谁的过错，这恰恰是科学研究过程的正常现象，我们对克隆人的认识还相当肤浅，所以难免会出现这样那样的毛病……"

在他们唇枪舌剑的当儿，李力刚走出会议室，在过道里将那3个克隆人的照片用手机逐一扫描，然后电传到巡警中心，让他的助手小黄进行核查。

"我现在担心的是，3个克隆人的失踪，如果被媒体报道出去，那将会引起国际社会的关注，这是上面不愿意看到的结果。另外，根据我们对克隆人的了解，他们和人类难以相处，有强烈的逆反心理。这种情况很像历史记载的狼孩，那些从小被狼叼走的婴儿，在狼群中长大，以后即使回到文明社会，也难以适应人类社会。失踪的3个克隆人和狼孩相似，我们担心他们闹出什么越轨行为……"张子钦对刘克文说明他的忧虑。

"我很奇怪，他们怎么会离开克隆村呢？"刘克文问，"我看你们这儿警卫森严，电子警察到处都是嘛……"刘克文仍然不忘挖苦对方。

这时，李力刚走进会议室："刘局，有线索，巡警中心报告，今天下午他们出现在411路公交车上。"原来，助手小黄有了回音。

这个突如其来的消息，使张子钦和刘克文大为振奋。经过一番仔细核查，411路公交车上那三个变成老头老太太的乘客，确认无疑是失踪的克隆人。

一道十万火急的命令，立即传到报警中心：通过全市的巡警，不惜一切代价也要找到3个克隆人。这是刘克文退休前签发的最后一道命令。

七

瑞雪兆丰年……

一场大雪，纷纷扬扬。大街小巷打扮得分外漂亮，除夕之夜，耀眼的彩灯，映着银白的雪景，到处洋溢着浓浓的年节气氛。

雪停了，扫雪车忙个不停，孩子们在胡同里欢天喜地地忙着堆雪人、打雪仗，一个个小脸蛋冻得通红通红。马小哈和吴小明可顾不上打雪仗，他们正忙着把一盆盆姹紫嫣红的花木搬上电动摩托，一趟一趟地运往老人院。这个除夕之夜，小志愿者们将和那些老爷爷老奶奶在一起守岁哩！

"喂，你慢一点儿，小心别碰坏了……"

马小哈站在老人院门前的台阶上，大声吆喝着。

小志愿者们排成一长串，像接力一样传送着一个个花盆。吴小明小心翼翼地从电动摩托的车斗里将花盆取出，传给他身旁的一个男孩。

"行啦，你放心吧！你进去看看，该把花盆放在什么位置。"吴小明回过头对马小哈说。

"好吧，这边你负责！"马小哈爽快地答应。

马小哈心里很高兴，谁都看得出来，他的得意已经清清楚楚写在脸上。由于叔叔的"生命Ⅰ号"，阳台上原先只长叶子不开花的一盆盆花儿，不到一个星期突然从沉睡中苏醒过来，萌发出一个个花骨朵，白天阳光一晒，竞相开放，好像是嗅到春天的气息。马小哈心里的担忧顿时烟消云散，吴小明分享着他的快乐，也乐得合不拢嘴。

当然，他们的高兴还在于实践了自己的诺言，他们是立了"军令状"的，可不能给小志愿者的行动丢脸。

可想而知，他们赠送的礼物也受到同学们的称赞，大伙儿都说马小哈的点子好，有新意。马小哈对于众口一词的评价特别高兴，尽管他嘴上不说，还一个劲儿地谦虚，吴小明可知道他心里比喝了蜜还甜哩。

他们七手八脚地把一盆盆花摆放在老人院的大厅里，那里早已张灯结彩，墙上贴着女生们用红纸剪的“春节快乐”的大字，这天晚上，小志愿者的合唱队要在这里表演节目。在后面的厨房里，老人院的阿姨们正在包饺子，一些身体硬朗的老人也在忙个不停。

到处是爽朗的笑语喧声，还有孩子们跑上跑下的脚步声。

所有的花盆搬完后，吴小明捧着一盆水仙花走进大厅。他看了看地上摆满的花盆，觉得这盆青翠欲滴的水仙花应该放在更合适的地方，便抬头把马小哈叫住。

“喂，这盆水仙花放在哪儿？”

马小哈想了想：“这样吧，问问院长吧！”老人院院长是个胖胖的说话和气的阿姨。

院长正在指挥布置晚会的舞台，小志愿者一个个忙着抬桌子搬椅子。

马小哈上前叫了一声女院长，说明了意图。

女院长看了一眼绿莹莹的水仙，说：“好漂亮呀，送到7号房间吧，那里是新来的三个老人，他们会很高兴的。”

马小哈“噢”地答应一声，立即和吴小明飞快地朝7号房间而去。

7号房间是一左一右两间卧室，外面是一间公用的客厅，旁边还有卫生间。他们轻轻推开门，只见客厅空无一人，于是吴小明顺手将水仙花放在客厅的方桌上。

“谁呀？”从卧室里走出一个老态龙钟的老太太，她扶着门框的手瘦骨嶙峋，青筋毕露，一边向前挪动脚步，一边向马小哈他俩打量。

“老奶奶，我们给您送花来啦。”吴小明连声说。

这时，隔壁卧室的门也开了，两个胡子很长的老头儿伸出脑袋朝外瞅了瞅。

“送什么花，不要，不……”突然，其中一个老头儿发起脾气，嚷嚷起来。

“对，甭来这一套，放我们回去！”另外一个精瘦的老头儿也附和道，他似乎很虚弱，说起话来大口大口喘气。

不用说，马小哈和吴小明吓坏了，他们不知道自己做错了什么。

“你们不要瞎嚷嚷！都怨你们，不干好事，闹得现在人不人鬼不鬼的，到了这个地步，还不老实！”那个老太太厉声喝道，接着是一阵猛烈的咳嗽。

“老奶奶，你喝口水……”吴小明上前倒了一杯水，送到老太太面前。

那两个怪怪的老头儿将房门“砰”的一声关上了。

马小哈和吴小明退出7号房间，脚步不由得慢了下来。

吴小明眨巴眨巴眼睛：“我觉得挺邪门，你没有发现那房里的老头儿，还有那个老太太，挺面熟吗？”他吞吞吐吐地说。

“面熟？他们是你的街坊？”

“不，不是这个意思，我也说不大清楚，”吴小明用手挠挠头，“你注意到没有，咱们上次在411路公交车上遇到的那两男一女，和他们是不是长得特别像？”

这回轮到马小哈愣住了，他的一双大眼睛眨巴眨巴，望着头顶的天花板，嘴里自言自语道：“噢，你这一说我想起来了，昨天晚上还有个女警察到我家里来了。我妈不在家，上夜班去了。哎呀，你瞧我这记性，睡了一觉，我压根儿把这档子大事忘了……”

马小哈有个毛病，一着急，说话颠三倒四，语无伦次。

见他抓耳挠腮的样子，吴小明急忙劝道：“你慢慢说，别急嘛，女警察到你家干什么去了，她跟你说什么了？”

原来，昨晚八点多，马小哈正在家里看电视，忽然听见有人敲门。他从门上的窥镜中瞅了瞅，见外面有个陌生的女警察，便大声喊道：“我妈不在家。”

这时，外面传来一个熟悉的声音：“小哈，我是张大妈，我们是来查卫生的。”说话的是社区管委会的张大妈，这回马小哈放心了。

他将房门打开，果然是张大妈陪着一个年轻的女警察，后来知道她是女巡警，姓黄。

张大妈和小黄巡警似乎是有备而来，因为她们并没有检查卫生，而是在屋里转了转，然后在客厅里坐了下来。

“嗬，这些花儿长得真漂亮，是谁种的？”小黄巡警一眼瞅见了阳台上姹紫嫣红的盆花，赞不绝口。

马小哈起初还有点儿不耐烦，因为他正在收看国家足球队与日本队的决赛，心里巴望着她们快点儿离开，现在听见女巡警称赞他的花，不禁美滋滋的。于是他就将这些花的故事讲开了，他讲起除夕之夜如何把花送给老人院，讲了他的叔叔送给他的“生命Ⅰ号”，还讲了在公交车上发生的事，“生命Ⅰ号”险被人抢走的惊险奇遇……

小黄巡警和张大妈静静地听着，不时交换会意的目光。

当马小哈得意扬扬地讲完他的故事后，小黄巡警满意地说：“你真是个好孩子，老人院的老爷爷老奶奶一定会非常感谢你的。”

“这是我应该做的。”马小哈很谦虚地说。

“马小哈，你说的‘生命Ⅰ号’真是神奇，你能给我们看一看吗？”小黄巡警笑着说。

马小哈点点头，然后跑到柜子前取出一个不大的瓶子，递给小黄巡警。“听我叔叔说，这是在太空试验成功的，是一种生物催熟剂……”

小黄巡警从瓶子倒出一粒巧克力色的“生命Ⅰ号”。用手指头夹住，放在眼前看了看。“对了，我家也有几盆，光长叶子不开花，能给我一粒试试吗？”她用询问的口气问马小哈。

“当然可以，这里有说明书，你要先看说明书。可惜了，原先瓶子里有很多哩，被公交车上那三个家伙弄走了不少，现在只剩下最后一粒了。”马小哈对小黄巡警很有好感，热情地说。

小黄巡警将一粒“生命Ⅰ号”小心地放进一个透明的塑料袋里，“那就谢谢了。”说罢，又从口袋里取出几张彩色照片，“马小哈，你认识照

片上这些人吗？”小黄巡警问。

马小哈接过照片，扫了一眼，立刻肯定地说：“没错，他们就是公交车上那三个家伙，两个男的，一个女的，打扮得流里流气，‘生命Ⅰ号’就是他们抢去的。”

“他们为什么要抢‘生命Ⅰ号’呢？”

“不知道，可我看见他们吃了不少。”

“你确实看清楚了？”

“绝对没错，如果不是我们夺过来，说不定被他们吃光了。”

谈话就这样结束了。当张大妈和小黄巡警告辞时，小黄巡警再一次夸奖了马小哈种的花，并且给了他一张自己的名片。“如果发现了这三个人，别忘了给阿姨打电话，知道吗？”小黄巡警说。

马小哈向吴小明讲完昨晚发生的事，俩人一合计，立刻有了主意。他们飞快地跑出老人院，来到附近的一个公用电话亭，拨通了报警中心的电话。

在报警中心，小黄巡警握住电话，疲惫的脸上露出了笑容。

当天晚上，老人院灯火辉煌的大厅坐满了白发苍苍的老人，临时搭起的舞台上，小志愿者合唱队表演的精彩节目赢得了一阵阵热烈的掌声。

在这个充满温馨的除夕之夜，一辆警车和一辆白色的救护车悄悄地停在老人院的门外。悠扬的童声合唱从关闭的门窗飞出来，飞向白雪覆盖的大街小巷，飞向匆匆而过的行人的耳畔。

在一扇落地大玻璃窗外，肃立着两个神情严峻的警官——刘克文和李力刚，他们一动不动，伫立窗外，似乎被大厅里的晚会吸引住了。

他们的视线透过玻璃窗，在大厅的每个角落扫过。那一张张刻着皱纹、笑逐颜开的脸庞，使他们想起自己年迈的祖父祖母，看见老人们的脸上漾起的笑容，他们心中不禁涌出一股暖流。

“你看清没有？坐在后排的那两个老头，还有他们中间那个老太太……”李力刚指点着，低声问。

“嗯，看见了！长得和我的三个战友就像一个模子刻出来的，长得太像了！只是年纪太大，模样一点儿没变……”刘克文激动起来，声音有点儿颤抖。稍过了一会儿，他想起什么，问道：“查清楚没有？这是怎么搞的，为什么一眨眼工夫变成了老头、老太太？”

“根据我们的调查，他们误食了一种名叫‘生命Ⅰ号’的物质，化验中心分析结果出来了，它的分子结构很复杂，是地球上从未有过的人工合成物质。这本来是一种植物生长速效剂，估计他们大量服用后导致了机体迅速衰老。不过，这仅仅是我们的初步推测，具体情况要等会儿问问他们，最重要的是对他们进行全面体检。”李力刚说。

“克隆人和克隆动物都很麻烦，目前都面临提前衰老的问题，还有先天性疾病，所以上面决定，从现在开始，所有的克隆人必须送回火星，一个都不能留，绝对不能让他们在地球上生活。”刘克文说得斩钉截铁。

“那航天中心的克隆村呢？”

“今晚统一行动，”刘克文看了一眼腕上的手表，“一小时后，克隆村将被包围，航天飞机已经做好准备……”他透露了这次绝密行动的内容。

李力刚再也沉不住气了。他知道，这个除夕之夜又将是一个不眠之夜。他打算立即进入老人院，把三个克隆人带走，因为必须先把他们送往航天中心医院抢救。张子钦教授做好了抢救的各种方案的准备……

“等一等，不要惊动大家。等晚会结束，孩子们走了，老人们回房休息了，再进去。”刘克文离开窗前，走向积雪覆盖的草坪。

李力刚跟过来，递上一支烟。他俩默默地抽着，一时陷入沉默。

良久，李力刚问：“他们能恢复吗？还能回到青春年华吗？”

刘克文吐了一团氤氲：“谁知道呢？科学家打开了潘多拉盒子，让魔鬼跑出来，那么能不能降伏魔鬼，就看科学家的能耐了。”

他们的谈话被一阵劈劈啪啪的鞭炮声打断，附近的楼房上空升起五彩缤纷的礼花，像狂舞的无数金蛇，蹿向黑色的天幕，接着震耳的轰响此起彼伏，夹杂着忽高忽低的喧声。

刘克文皱着眉头，突然朝李力刚大声嚷了起来：“李力刚，怎么回事，禁放鞭炮的法令颁布了一个世纪，你怎么还不管不顾呀！我告诉你，别以为我快退休了，你就马马虎虎，这儿可是你管辖的地面……”

李力刚笑了，嬉皮笑脸地说：“得，刘局，你别生气，我马上让弟兄们查办！”

他一溜烟朝警车那边跑去……

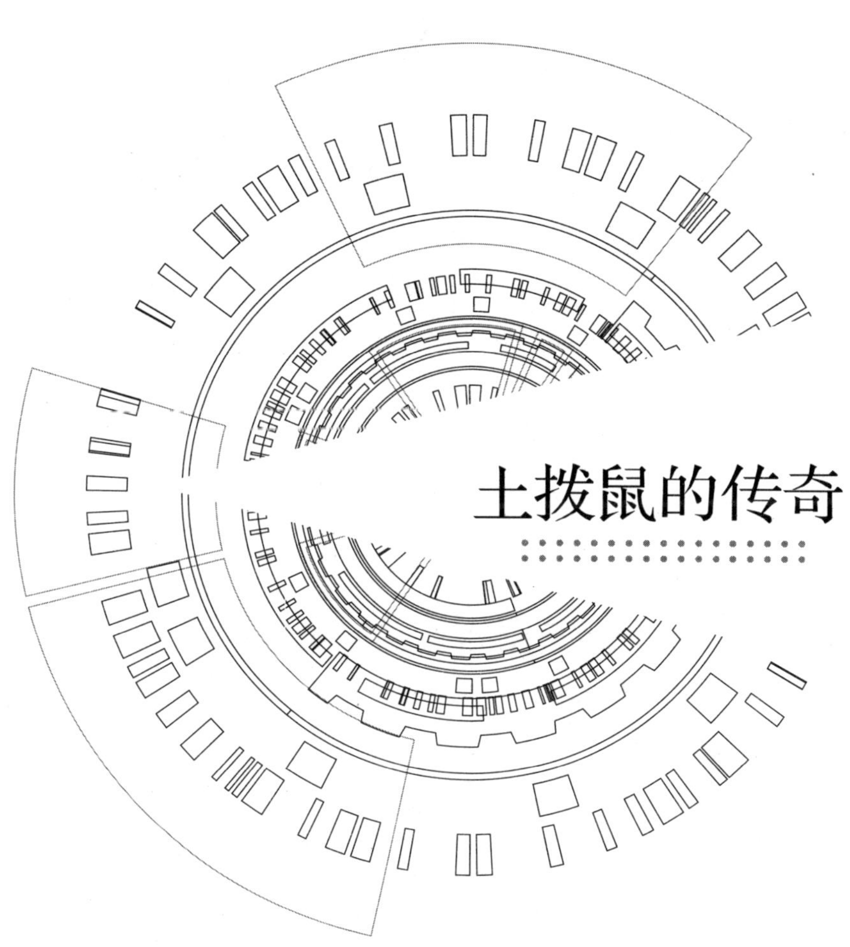

土拨鼠的传奇

放学的铃声还在校园的上空萦绕，马小哈像有什么急事似的，背着书包早早溜出了校门。

他并没有回家，看门的大爷发现，他是朝着相反的方向，沿着尘土飞扬的公路向郊外跑去的，一眨眼就不见他的影子了。

这是秋天的一个黄昏，艳丽的晚霞把黛色的山峦涂上了一层金黄，像镀上了一层金箔。公路两旁，密丛丛的林子换上了秋天最时兴的漂亮衣衫，粉红的、金黄的、绛紫的……叫人眼花缭乱。马小哈坐了一趟开往郊区的公交车，到了终点站又迈开大步朝前走去。他无心欣赏这秋山红叶的景致，起先是大步流星地走着，后来索性把小书包挟在腋下，撒开双腿跑了起来。

这是一条繁忙的公路，一辆接一辆的载重卡车扬起一阵黄蒙蒙的烟尘，川流不息地从马小哈的身边闪过，嘈杂的喇叭声和轰隆声不绝于耳。但是，马小哈对此似乎没有感觉。他像是跟车队竞赛似的，闷着头向前跑去。渐渐的，汗水从他那黑里透红的脸蛋和脖子上淌了下来，贴身的小背心湿了一大片。

此刻，在他后面不到200米的路上，还有个和他差不多高矮、身材比较瘦的男孩也在拼命朝前追赶。瘦瘦的男孩边跑边喊着马小哈的名字，步子迈得像小鹿似的。也许是汽车的马达声淹没了他的喊声，马小哈一次也没有回头，不过他们之间的距离逐渐缩短了。

终于，后面跑的那个男孩追上了马小哈，他胜利地大叫一声，伸手把马小哈一把拽住了。

不曾提防的马小哈惊讶地转过身，差点儿摔了一跤。“吴——小——明，是你！”他旋即收住脚站住了，气喘吁吁地道。

吴小明露出洁白的牙齿，他同样跑得上气不接下气，话也说不出来。他双手搭在马小哈宽阔结实的肩膀上，把他当作一棵树似的歇了半晌才说：“好家伙，你跑得像只兔子，一眨眼就不见了，叫我这一阵好追呀……”

“你才是兔子。”马小哈笑着给了他一拳。

吴小明机灵地闪开了。“你上哪儿？”他故意问道。

“你问我？你呢？”马小哈也不示弱。

“你先说！”

“不，你先说！”

吴小明抿着嘴笑道：“这样吧，我说‘一二三’，咱们一起说，行不行？”他想出一个折中方案。

“行！”马小哈点点头。

吴小明鼓起腮帮，大声喊道：“一，二……”当他说到“三”时，一个奇怪的数字“8512”从孩子们嘴里异口同声说了出来。他们相互一看，开心地笑了起来。

“8512”，这是个什么名堂呢？

长长的一列车队擦身而过，在前面拐弯处消失了，公路上恢复了少有的片刻宁静。这时，两个小伙伴止住笑声，马小哈说了声“快，朝那边走”，他们双双离开公路，钻进路旁的树林。

他们手拉手钻进林子，树上的叶子经他们一摇晃，像降雪似的纷纷扬扬飘落下来，有的粘在他们的头发上和汗湿的衣服上。他们顾不上掸掉，仍然低着头，躬着腰，从纵横交错的树枝底下钻过去。看来他们对这儿的地形很熟，不大一会儿，他们钻出林子，朝着不远的一个山岗跑去。

就像有谁在暗中施展魔法似的，这两个孩子刚才还嘻嘻哈哈地打闹，等他们跃上青草离离的山岗，向着夕阳的方向眺望时，他们突然沉默起来，充满稚气的小脸蛋上有一种无法形容的严肃、庄重的神态，只有那双大眼珠子像黑宝石似的忽闪忽闪，透露了他们内心无法抑制的激动。

这座馒头状的山岗，居高临下，面对一片封闭的、四面被山峦包围的洼地。几年前，这里仅是长满芦苇的荒野，一到秋天，芦花开了，白花花一片，倒也别有情趣。水汪汪的低洼之处，有一条终日叮咚作响的弯弯的小河，两岸尽是喜湿的菖蒲、泽泻和一到秋天就长出毛茸茸果实的毛蜡烛。在这绿草如茵的洼地里，除了路过的大雁歇歇脚，既没有人烟村落，也见不到一只牛羊。知道底细的人都清楚，洼地是个可怕的地方，这儿到处是令人生畏的烂泥塘，像深不见底的陷阱，稍不留神就会有灭顶之灾。

当然，这都是过去的事情。前年冬末春初，大地尚未解冻，大批车辆开进了积雪覆盖的洼地。没过多久，沼泽排干了，公路四通八达，一辆辆大卡车把建筑物资运了进来。一到夜晚，辉煌的灯火和电焊的弧光，把荒凉的旷野映得如同白昼。人们都知道这里建设的是一项现代化的尖端工程，代号“8512”，可是谁也说不清它的具体名目。因为到处都有电子监控仪执行警戒，没有特别通行证休想靠近一步。

有一点是肯定的，离工地不算远的一座几千人的小镇，这时候诞生了，居民大多是工程建设者的家属以及多少有点儿瓜葛的人。当然，马小哈和吴小明都是跟随他们的父母迁来的。转眼之间，他们在小镇新办的学校读了两年多，仍然不知道“8512”的秘密。在他们看来，大人们准是事先串通好了，什么都瞒着他们。保密嘛，他们懂得这个道理。

然而，好奇心就像被大坝拦住的洪水，时间越长越是高涨，简直没有办法可以遏制。只要有机会，他们总要偷偷摸摸地跑到这座山岗上，向那神秘的洼地瞧上几眼，企图窥探它的秘密。当然，连这一点也得小心翼翼地瞒着大人，否则准会挨一顿臭骂的……

此刻，两个孩子终于如愿以偿。凑巧极了，这天，“8512”工程撩开了它那神秘的面纱，把它的真实面目显露出来了。山岗离工地还有三四里地，但是天晴日朗，能见度极佳，连远处突兀的山峰顶巅屹立的雷达天线也历历在目。当孩子们引项张望时，一幅壮观的景象把他们吸引住了。

昔日芦苇丛生的洼地完全变了，那一眼望不到边的雾气腾腾的沼泽和弯弯曲曲的小河已经不见踪影了，代替它们的是纵横交错的水泥跑道。无数的车辆像小甲虫似的忙碌不停，在灰色跑道上来往疾驶。沿着黛色远山的山麓，不知什么时候盖起一幢幢乳白色的建筑，如同雨后的菌子点缀在洼地边缘。不过，最引人注目的，却是工地中央屹立的一座炮弹状的金属巨人，它的周围有几座高耸的钢架，从四面支撑那庞大的身躯。金属巨人像个纯银铸造的宝塔，昂首指向天空，圆锥形的外壳在夕阳映照下闪烁着刺目的光芒。

大约过了5分钟，或许还要更久些，马小哈发现什么似的，手指前方，嚷了起来："你瞧，那上面还有字：中华 I 号。啊，中华 I 号火箭！"他的神情，比起哥伦布发现新大陆还要高兴几百倍。

"早就看见了。"吴小明瞥了他一眼，说，"这是飞船，中华 I 号宇宙飞船。过不了多久，它就要飞向很远很远的天鹅座。天鹅座，知道吗？"

吴小明的语气是那么自信，甚至有点儿盛气凌人的意味，马小哈不由得朝那骄傲的扁鼻子瞅了几秒钟。

"咦，你怎么知道它一定飞到什么天鹅座？也许是月球，要不就是火星……"马小哈不服气地说道。

"你胡诌些什么呀！月球、火星这会儿算得什么？"吴小明耸耸鼻子，露出不屑的神情，"百分之百，就是天鹅座，从地球到那儿要11光年……"

接着，吴小明说，在天文学上，用公里来计算距离很不方便，因为星球之间的距离太遥远，所以天文学家用光的速度来表示距离，这样方便得多。

“光速是每秒30万公里，一年的时间，光走过的距离差不多是10万亿公里，这个距离就是一光年。”

“好家伙，真够远的。”马小哈惊叹道，他没有想到吴小明的小脑袋瓜里还装了不少东西。当然，论学习，吴小明从来比他强，连班上那些小丫头也比不过他。可是这个中华Ⅰ号飞船，他从哪儿知道这么多的情报呢？

“噢，你从哪儿听说的？”马小哈忙问。

不料，这句话勾起吴小明的满腹心事，他的情绪顿时来了180度的转变，神色突然不悦起来。

马小哈见他半天没有回答，回过头来瞅了瞅身旁的小伙伴。“你怎么啦？”他惊讶地问，他发现吴小明阴沉着脸，和刚才判若两人。

吴小明依然沉默着，目光继续凝视着远方的那艘飞船，过了片刻，他说：“走吧，天不早了，我奶奶也许等急了。”说罢，他返身跑下山岗。

马小哈立即追上前去。“小明，你是怎么回事？你干吗不高兴，我哪儿得罪你了？”马小哈一把拽住他的胳膊，焦急地问。

“跟你没关系……”吴小明甩开了他的手，闷闷不乐地答道，继续朝前走去。

“哼，你准是有什么事瞒着我。”马小哈真是生气了，他顺手攀了迎面的一根树枝，用手将它折断。“咱们还是不是好朋友？我可是什么都跟你讲，可是你……”回到公路上，马小哈猛地站住，气鼓鼓地质问道。

吴小明终于抵挡不住马小哈的激将法，一五一十地把心里的秘密掏了出来。

“昨儿晚上，我奶奶哭了，哭得还挺伤心……”吴小明边走边说。

“你奶奶哭了？这跟飞船有啥关系？”听见吴小明说出这么几句没头没脑的话，马小哈的脑子里打了几个大问号。

“嘿，别急嘛，你听我讲。”吴小明双手搓揉着一片树叶，依然慢吞吞地说，“昨天晚上，大约快十一二点，我睡得迷迷糊糊的，被一阵呜呜的哭声惊醒。我吃了一惊，慌忙钻出被窝。门没关上，一线亮光从客厅里透射进来，哭声正是从客厅里传出来的。我挺纳闷，这么晚了，是谁待在客厅里呢？我轻手轻脚地下了床，光着脚走到门后，从门缝探头张望——”

“看见什么啦？”马小哈紧紧地拉着吴小明的手，轻声问道。

“我头一眼就看见我奶奶花白的头发，她靠着沙发的靠背，用手帕捂住脸，抽泣着，不断地抹泪，她有心脏病，平时老说心里憋得慌……”

“是呀！你奶奶去年冬天还住了医院。记得不，还是咱俩一道叫的救护车……”

“嘿，你瞎扯些什么呀。”吴小明皱着眉，瞪了马小哈一下。

“好吧，好吧，我不说了。”马小哈连忙尴尬地笑了笑。

这天晚上，吴小明家的那间不算宽敞的小客厅挤满了爸爸的客人。吴小明的爸爸是个年轻有为的生物化学博士，他中等身材，体格健壮，圆圆的脸孔老是笑容可掬。由于长年在实验室工作，他的脸色有点儿苍白，只是在当着众人讲话时，他又像大姑娘似的窘得满脸通红。不过，这位不善言谈、举止文静的吴博士是个出色的科学家，在“8512”工程中，他担负一项课题的研究，这个课题非常重要，甚至可以说关系到宇宙航行能否实现。为了这项研究，吴博士领导着十几名科学家，在实验室里埋头搞了好几年，目前已经有了重大突破。

吴博士这天晚上兴致特别浓，吃过晚饭后，客人们在客厅里一边喝茶，一边聊天。吴博士当众宣布了他们下一步的试验方案。在座的客人虽然都是科学家，听了吴博士的讲话，不少人也为他的试验而担心，有的干脆反对他这样做，认为太冒险。不过，吴小明吃完饭就躲在房里看电视，什么也没听见。等他睡醒一觉，客人早散了，客厅里只剩下奶奶、爸爸和妈妈，另一个是爸爸工作单位——生物化学研究所的章所长，一个白头发的瘦老头。

吴小明叹了口气，说道：“听我爸爸的口气，好像他们下一步要搞一项什么试验，反正我也听不大懂。据说是宇航员在飞向天鹅座时，路上花的时间太长，不光要消耗大量的食品和能量，宇航员也无法忍受飞船上寂寞生活，所以要用一种科学方法让宇航员睡觉，一睡就是十年八年，等他醒过来，天鹅座就到了……”

“那太有意思了，什么科学方法？”马小哈突然兴奋起来。他的脑子里闪出一个奇怪的念头：如果知道了这个方法，睡上一觉，不就可以到几十年以后的世界去玩玩吗？那该多有趣。

可是，真遗憾，吴小明搔搔头，歪着脖子想了半天，却什么也没有想起来。

“好像是叫什么……什么素……”

“嘿，你瞧你……”马小哈这回反过来奚落对方了，他埋怨道，“这是最重要的，你怎么就没有仔细听一听呢？”他接着把自己刚才脑子里冒出来的想法向吴小明说了一遍。

但是，奇怪的是，吴小明对他的古怪念头并不感兴趣。

他一边走，一边丧气地说：“你知道什么呀！我听见章所长和爸爸说了半天，才知道那个什么素是爸爸他们发明的，我不知道它是什么东西，反正用它就可以让宇航员睡觉。不过，后来章所长又说，它是不是安全可靠，会不会有副作用，还要进行一番试验……”说罢，他瞥了一眼走在后面的马小哈，“这样一来，我奶奶就哭了……”

马小哈往前赶了几步，颇为奇怪地问：“咦，这就怪了，你奶奶哭啥？是让你奶奶做试验吗？”

“亏你想得出来！”吴小明气恼地啐了一口，说道，“你真是糊涂虫，头一个做试验的当然是我爸爸呀！这是我爸亲口说的，他向章所长讲，他要用自己的身体头一个做试验。”

马小哈恍然大悟：“啊，原来是这么回事。敢情是你爸爸要做试验，奶奶不放心……”

“不光是不放心，”吴小明忧郁地打断他的话，“你想想，我奶奶今年都78岁了，爸爸如果做试验，一睡十几年，奶奶还能见到他吗？”

听他这样一讲，马小哈的心情顿时沉重起来，刚才见到飞船那股高兴劲儿像是被风吹得无影无踪了。

这时，暮色苍茫，天空出现了点点繁星。旷野上起风了，路旁的树叶哗哗直响，不知是周围黑暗阴森的气氛感染了他们，还是各人都有心事，两个孩子的手拉得紧紧的，始终沉默地朝前走着，脚步迈得越来越快了。

当他们回到镇上，已是万家灯火了。

这天晚上，马小哈心事重重。他脱了衣服躺在床上，一双眼睛却睁得大大的，凝望着窗外的星空。

妈妈没有睡，她靠着沙发，就着落地台灯聚精会神地看一本有趣的书。这是她的习惯，每天临睡前总要看几页书。

房间里很静，马小哈甚至听得见妈妈翻动书页的声音。他知道，妈妈是个医生，成天接触各式各样的人，知道的事情也多，也许从妈妈这里可以听到他所要寻找的答案。想到这里，马小哈翻身而起，拉开房门，轻轻地叫了一声“妈”。

妈妈的目光离开了书，朝马小哈的房间望去。

“妈，宇航员叔叔在飞行时真的要睡七八年吗？他们到时候醒得过来吗？”马小哈站在门旁，郑重其事地问。

“你还没睡着？”妈妈惊奇地站起来，“你怎么突然问这个？怎么啦？”

“随便问问。”马小哈答道，接着又自作聪明地说道，“是不是给宇航员叔叔吃很多安眠药？”

妈妈忍不住“扑哧”一声笑了。“傻小子，安眠药吃过了量会中毒的，严重的还会死人，怎么能乱服安眠药？”

“要是到很远很远的星球上去，比如到天鹅座，坐飞船得十几年，宇航员叔叔闷得慌，有什么办法能让他睡觉呢？”

马小哈提的这个问题把妈妈难住了。作为一个医生，她可以用药物使那些失眠症患者安稳地睡觉，也能用其他辅助疗法治疗神经官能症患者，但是，对于宇宙航行这些问题，她却感到无能为力。不过，她倒是想起在一本医学杂志上读过一篇文章，内容是探讨宇宙航行中生命保存的方法，其中提到一种冷冻法……

“对了，冷冻法。”妈妈想了想，说道，“这种方法是把宇航员放在零下200多度的低温条件下，把他冰冻起来，当然，这和一般的降温不同，温度要在很短的时间里突然下降，这样宇航员身体里面的细胞组织不会破坏，经过多久也没有关系。当需要宇航员醒过来时，只要迅速增温，他又可以像睡了一觉一样很快醒过来。”

妈妈说到这儿，马小哈的脑袋摇得像拨浪鼓：“妈，不是你说的冷冻法，听说是一种什么素……”他插了一句。

“什么素，是一种药吗？”妈妈猛地愣住了，忙问。

“我也说不上来，反正是一种什么素。”马小哈接着把从吴小明那儿听来的情况重复了一遍。

“什么……素，奇怪，没有听说过呀，也许是一种新发明的药吧。”妈妈低着头，自言自语道。

“妈，长大了我也要当个宇航员，飞到很远很远的星球，比天鹅座还要远。我就吃那种什么素，一觉醒来就到了……”马小哈躺在床上，依然被自己的幻想所陶醉，兴奋地说。

“好吧，一会儿要当生物学家，一会儿又是宇航员。”妈妈上前给马小哈盖好被子，“快睡吧，别胡思乱想了……”妈妈说罢，把房门轻轻关上了。

第二天是星期天，天刚蒙蒙亮，马小哈就起床了。他起得比平日起码早一个钟头。他匆匆忙忙跑进厨房，从冰箱里找到一个水灵灵的胡萝卜、几条鲜嫩的黄瓜，急如星火地跑到后院。

他家住的房子比以前宽敞多了。这个新建的小镇多半是一二层的小楼，前后还有院子。马小哈家的后院，有几棵形如伞盖的松树，长得苍劲蓊郁。树底下，紧挨着墙根，在杂草丛生的角落，有个四四方方的铁笼子，这就是马小哈心爱的“动物园”。不过，这可是个秘密，因为马小哈的妈妈最讨厌这些小动物，据她说，它们会传染病菌，所以妈妈坚决反对马小哈饲养小动物。这样一来，连妈妈也被他瞒过了。

昨天晚上，马小哈满脑子都是中华Ⅰ号飞船，居然把小动物的晚餐忘得一干二净，直到睡了一觉，他才想起自己的疏忽大意。“糟糕，它们准饿坏了……”马小哈心疼地想。

他飞快跑到树下，拨开沾满露水的青草，急不可耐地把胡萝卜和黄瓜一股脑儿塞进笼子里。

“喂，吃吧，吃吧，你们这些小可怜，饿坏了吧，快张嘴，快呀，别客气……”他一条腿跪在地上，嘴里唠唠叨叨说个没完。笼子里饲养的小动物并不是什么名贵的珍禽异兽，既不是招人喜欢的红眼睛、短尾巴的安哥拉兔，也不是穿着毛茸茸皮袄的活泼逗人的小松鼠，当然更不是打扮得花枝招展的高贵的孔雀公主，说起来请别见笑，笼子里的小动物只不过是外貌平常的几只土拨鼠。

土拨鼠又叫旱獭，是啮齿类动物，它浑身赤褐色，个儿不大，猛一看很像一只长着杂毛的小猫。不过你别小看它，它可是掘土打洞的能手，要不，怎么叫土拨鼠哩。不论是多么坚硬的土地，哪怕土里混杂着许多石头，都抵挡不住它那像掘土机一般的锋利的前爪。它的地洞就像迷宫似的，弯弯曲曲，构造巧妙，连高明的建筑师也惊叹不已。当然，这些小家伙会毁坏庄稼，偷吃地里的瓜呀，蔬菜呀，土豆呀，萝卜呀，对于农民来说，可伤透了脑筋。不过，马小哈可不论这些，他喜欢所有的小动物，小猫呀，小狗呀，小绵羊呀，甚至连刚生下的小猪崽，他都喜欢。有一次，那是今年春天，他从农场的地头经过，一辆黄色的拖拉机把一座小山包推平了。新翻的泥土中露出六只像小麻雀般的土拨鼠幼仔，全身未长毛，眼睛还没有睁开。马小哈一见，高兴坏了，连忙摘下帽子，把这些可怜的小生命救了回来。可惜，其中有一只受了伤，半路上就咽了气，只剩下现在笼子里的五只了。

“喂，吃呀，多新鲜的黄瓜，妈妈从市场买来的，放在冰箱好几天都没舍得吃……你们别不识抬举，要是再不吃，我可生气了，你们信不信，我马上叫小花猫来吃……”

马小哈像哄小孩似的，一个劲儿地诱劝那几只赤褐色的小动物，一会儿苦苦哀求，一会儿又是威胁加恐吓，两种办法轮番使用。

但是，那几只小动物不知是生马小哈的气呢，还是另有缘故，一个个没有半点儿食欲。胡萝卜和黄瓜躺在地上，它们连正眼也不瞧，好像没有瞅见似的。要是往常，它们早就抢得不可开交了。

马小哈借着清晨的曙光，朝笼子里瞧了瞧。奇怪，那几只土拨鼠全都畏缩在阴暗的角落里，身子蜷成一团，像没有睡醒似的，只有马小哈拍打笼子的响动，才使它们惊吓得动弹一下，接着，它们又打瞌睡了……

“糟了，它们大概是生病了……”马小哈搔了搔乱蓬蓬的脑袋，霍地站起来，心急火燎地自语道。

接着，他对着笼子问道：“喂，你们是不是病了？”他说话的声音很大，笼子里的小动物吓了一跳。

就在马小哈站在那里抓耳搔腮、手足无措的时候，墙头上伸出半个脑袋。“喂，马小哈——”有人隔墙喊道。

马小哈旋即转过身来，跑到院墙跟前。当他踩着一堆乱砖隔墙而望时，他发现，墙外除了吴小明，还有他的爸爸，那个戴眼镜的老是笑眯眯的吴博士。

“噢，你们上哪儿去？”马小哈见吴小明扛着一把铲子，吴博士的手里拎着一只铁笼子，不禁有些纳闷。

吴小明举起崭新的铁铲，颇为得意地说：“我们去找土拨鼠，你去不去？”

“土拨鼠？”马小哈听到这几个字，心里哆嗦了一下，奇怪，难道自己的秘密被吴小明探听到了？可是，他记得清清楚楚，自己饲养土拨鼠的事儿对谁也没有讲过呀，包括吴小明在内，怎么会透露风声呢？

吴小明见马小哈满脸窘容，心里也好生纳闷：这个马小哈，平时说话像机关枪一样，这会儿怎么像个小姑娘，扭扭捏捏的。想到这里，他忙催问道：“你倒是说话呀，到底去不去？”

马小哈一惊，惶惑地问：“去哪儿？”

这时候，吴博士上前一步，隔着墙问马小哈："刚才我们听见你在喊谁病了，你们家有谁病了吗？"说罢，他推了推眼镜架，目光直勾勾地瞅着马小哈。

"还是我先听见的，我们从这儿经过，突然听见你的喊声。"吴小明补充道。

马小哈心里的一块石头落了地，恍然大悟，刚才完全是一场误会。不过，这下土拨鼠的秘密可保不住了。总不能撒谎编瞎话呀。

他望望吴博士，又看看吴小明，犹豫了片刻，终于尴尬地告诉他们："我们家谁也没生病，是我养的几只土拨鼠……不知怎么搞的，突然生病了……"

他的话音刚落，吴博士像是听见什么重大新闻似的，连忙上前扶着墙头问马小哈："怎么，你还养了土拨鼠？"

不待马小哈回答，他又急不可耐地问："在哪儿？给我看看行吗？"

几分钟后，吴博士和吴小明绕过围墙，进了马小哈家的后院，三个人钻进墙根的草丛里，把那个铁笼团团围住了。

"嗬，五只，真正的长尾旱獭，一窝生的，了不起，了不起……"吴博士扶了扶眼镜，啧啧赞道。他的脸色兴奋得像喝了酒一样。

马小哈惊诧地望着吴博士洋溢着喜悦和激动的脸色，越发感到不可理解。在他的印象里，吴博士是个非常稳重的科学家，可是看见笼子里养的几只土拨鼠，而且是病歪歪的，他好像发现什么稀罕的宝贝，高兴得竟像个天真的孩子。

不过，转念一想，吴博士也许和自己一样，也是个动物迷吧，于是他把心里的忧虑说了出来。

"叔叔，你瞧，它们都不吃食了，不知道得了什么病？"他忧心忡忡地问。

吴博士一心只顾着观察笼内的小动物，没有注意马小哈的提问，还是吴小明在一旁撴了撴他的袖子，把马小哈的疑问又重复了一遍，他才转过脸来，连声说："哦，没有生病，没有生病，它们一个个都结实着呢！"

听吴博士说出这番话来，马小哈不禁又惊又喜："那……它们……"他指着一个个无精打采的土拨鼠，期望得到进一步的解释。

"哦，它们要冬眠啦！"吴博士望望马小哈，又望望吴小明，说道，"土拨鼠和蛇、青蛙这些动物一样，一到冬天就要冬眠。它们在秋天到来时，就忙着打洞。土拨鼠的地洞做得非常精巧，里面分成许多房间，大土拨鼠和出生不久的小土拨鼠，还有那些年老体衰的老土拨鼠，各有各的房间。它们还用硬泥巴做门，中间还用空心的草杆做成通风设备，既保证空气流通，又不让冷风钻入，好让它们舒舒服服地睡上一个冬天。"

马小哈虽然饲养了快一年的土拨鼠，还是头一回听到这般新鲜、有趣的事儿，他的眼睛瞪得圆圆的，直勾勾地望着吴博士富有表情的面孔。

"土拨鼠冬眠的时间很长，差不多在每年的十月，它们就开始进洞，把身子蜷成一团，一直到第二年的四月才会苏醒过来。所以每年到了这个时候，也就是十月初，它们就不怎么吃东西了，吃也是专门寻找一点儿能使它们泻肚子的植物，帮助肠胃把不相干的东西排泄出来。"说到这里，吴博士指着笼子里的小动物对马小哈说，"这几只土拨鼠关在笼子里没有办法打洞，但它们照样要按照自然规律开始冬眠了。现在，它们吃得很少，再过几天，它们就什么也不吃了，光是睡觉，连一点儿知觉也没有。你要是不知道，还以为它们死了哩！"

吴小明见爸爸说个没完，在一旁颇为焦急。初升的朝阳从墙头射入一缕光线，像灯柱斜照着墙角的铁笼子。那几只快要冬眠的土拨鼠像受惊似的，不安地骚动了一阵。

"爸爸，咱们还去不去呀？"吴小明站起来，用手里的铲柄指了指墙外面。

"好，好，马上就走……"吴博士下意识地看了一眼手表，含混地答道。但是，话虽然这样说，他的身子仍然蹲在笼子跟前，动也未动，目光仍然停留在那几只土拨鼠身上。

吴小明又催了几次，吴博士这才慢慢地站起身来。

“天气很快就要冷了，你得想办法把它们放在有暖气的房间里，不然它们会冻死的。”吴博士临走以前又叮嘱了马小哈几句。

“叔叔，你们干吗去找土拨鼠？”当吴博士父子俩将要走出院子时，马小哈终于忍不住地问道。这个疑问，从一开始就盘旋在他的脑子里了。

他寻思，吴博士大清早提着笼子，到田野去寻找地洞里躲藏的土拨鼠，吴小明也兴冲冲地当爸爸的助手，总不会单纯是为了好玩吧？而且，吴小明的神态也与往日不同，好像有什么秘密似的。要不，他为什么那么心急，三番五次催促他爸爸呢？果然，马小哈的话刚出口，吴博士和他的儿子相视一笑。

吴小明的小眼睛眨了眨，冲着马小哈故作神秘地说：“你忘了？做实验呀……”

“实验？什么实验？”马小哈忙问，他被吴小明没头没脑的话弄糊涂了。土拨鼠和实验这两者之间有什么关系，他实在想不出来。

“嘿，你瞧你，昨天……”吴小明用抱怨的口气正待说下去，这时吴博士摆了摆手，打断了他的话。

“小哈，是这么回事。”他走到马小哈身边，对他说，“刚才我不是讲过吗，土拨鼠一到秋天就要冬眠，而且它们冬眠的时间还很长。不过，这并没有什么特殊的，因为在自然界，冬眠的动物多得很。但是，土拨鼠的冬眠很早以前就引起了科学家的重视，特别是宇宙飞行专家们的注意。”

“宇宙飞行？”马小哈讷讷地说，他越发摸不着头脑了。

“是的，宇宙飞行专家很重视对土拨鼠的研究。”吴博士用肯定的口气说，“因为有一种现象是土拨鼠所特有的，在它冬眠的时候，它的体温会从摄氏37度下降到3度，心跳从每分钟80次减少到只有1次，它的呼吸也大大减慢，大约3分钟才深呼吸一次。这些说明什么呢？”

吴博士停顿了一下，两眼仰望天空，斟酌着用什么词句才能把这些道理明白无误地讲清楚。

马小哈和吴小明围在他左右，连眼皮也不眨，全神贯注地等待下文。

“打个比方吧，”吴博士望着两个小听众说，“要是我们人的体温从37度下降到27度，那结果会怎样呢？毫无疑问，人就要死亡。可是土拨鼠却不然，冬眠的时候，它全身的新陈代谢差不多停止了，连细胞也进入休眠状态，生命活动几乎停止，但是它并没有死，而且活得很好。如果我们掌握了土拨鼠冬眠的秘密，那用处就太大了。”

说到这里，吴博士的眼睛炯炯发光，情不自禁地拍了拍马小哈的脑袋。

“叔叔，这有什么用处呀？”马小哈歪着脑袋问道。

“比方说吧，宇航员飞到遥远的星球上去，如果能够像土拨鼠那样处于冬眠状态，既不吃也不喝，生命暂时停止活动，那么……”

刚说到这儿，马小哈差点蹦了起来，连声说：“我知道了，我知道了，中华Ⅰ号飞船要到天鹅座去，你们发明了一种什么素，是不是用它给宇航员叔叔……”他像连珠炮似的，把吴小明昨天告诉他的话一股脑儿端了出来。

这一次，轮到吴博士大吃一惊了。“哟，你是怎么知道的？”他奇怪地瞅了瞅马小哈，又向吴小明看了一眼，问道。

当他见到吴小明朝马小哈吐了吐舌头，马小哈又扮了个鬼脸时，他完全明白了。

“啊，原来是这样，你们这两个调皮鬼……”他笑了起来，轻轻地用巴掌在吴小明的脑袋上拍了一下。

吴小明见爸爸并没有责怪自己，这才放了心，便悄悄地告诉马小哈：“那种药叫冬眠素，是从土拨鼠的身体里头提取出来的。”

“那你们干吗还要去找它，不是已经找到了吗？”马小哈又问，他已是第三次提出这个疑问了。

吴博士接着做了回答，他说：“土拨鼠胸前皮下有一串特殊的腺体，它所分泌的物质是土拨鼠冬眠时能够生存下来的唯一因素，科学家们叫它‘冬眠素’。眼下，参加‘8512’工程的生物化学家正在从土拨鼠体内提取大量的冬眠素，进行各种试验，分析它的化学成分，研究它施于人体可能产生的影响……我们现在需要大量的土拨鼠，以便提取一种高效的冬眠素，这种冬眠素将保证宇航员在漫长的飞行途中处于冬眠状态，不是几个月，而是几年，十几年，或者更长。”

说罢，他提起放在脚前的铁笼子，拉着吴小明的手，向沐浴着朝晖的田野走去。

马小哈呆呆地倚着门，望着吴博士高大的背影，心中突然涌起异样的情感。他很想追上去，和他们一道寻找做试验的土拨鼠，但是他觉得这样做似乎不够，自己应该像一个少先队员的样子，拿出实际行动，为祖国的中华Ⅰ号飞船飞向太空尽一分力量。

想到这儿，马小哈突然朝吴博士和吴小明的背影大声喊道：“喂，你们等一等！”

几秒钟后，马小哈又跑回后院的墙根下。他吃力地提着心爱的笼子，步履蹒跚地朝大门走去，刚到门口，和闻声而至的吴小明碰上了。

“小哈，你这是干吗？”吴小明惊讶地问。

“快，帮我一把。”马小哈用下巴颏指了指笼子的一角。

当吴小明和马小哈抬着笼子时，吴博士匆匆忙忙赶来了。

“走，送到研究所去。”马小哈笑嘻嘻地望着吴小明，说道。

吴博士不用说，完全明白了马小哈的心意，他感动得不知说什么好。

“舍得吗，小哈？”他伸出一只手，帮助两个孩子一同抬起那只笼子。

“咳，这算得了什么！”马小哈转过脸来对吴博士说，“叔叔用自己的身体做试验，那才伟大呢……”他一时想不出更恰当的字眼了。

吴博士的眼睛湿润了。他扶了扶眼镜，紧紧地拎着装有5只土拨鼠的笼子。笼子怪沉的……

故事写到这儿该结束了。可是许多可爱的小读者仍不满足，一个劲儿地问：“后来呢？后来呢？”

是的，后来的情况到底怎么样？这也是我很关心的。大约几年以后吧，我有机会见到了我的好朋友马小哈，他这时已经长得高多了，像一株茁壮的小白杨树，显得那么朝气蓬勃。他的模样没变，依然那么活泼、天真，眸子里闪着淘气的、有点狡黠的目光，仿佛又在想什么新花招。我无意中发现，他胸前的白衬衣上别着一枚长方形的白底红字的校徽，原来他已经读高中了，而且是全国有名的重点学校。一切都明白了，好个马小哈呀，我笑了。

“就在我考上中学的那年秋天，我们的雄鹰飞了，飞往天鹅座去了。”马小哈喜形于色地告诉我，我知道，他指的是我国第一艘太空宇宙飞船——中华Ⅰ号。

“3位宇航员。其中一位还是个阿姨，都用冬眠素注射后进入冬眠状态，他们将在11年后地球的新年钟声响起来时苏醒，开始对天鹅座星系进行全面的科学考察。”

“我看过报道，你觉得那个冬眠素有把握吗？”我担心地问。

“尽管放心，在这之前，吴博士亲自做了模拟太空飞行实验，证明冬眠素是绝对完全可靠的。不仅如此，飞船里还安装了很多自动控制仪器，到时候会把宇航员唤醒。”马小哈说，“你记住，等我们长大了，差不多三十五六岁吧，3位宇航员将返回地球，别忘了，到时候，咱们一道去欢迎他们……”

“哦，还要等20多年呢！”我说。

“是啊，到那时，我们的祖国，我们的地球的变化多么惊人，也许他们都认不出来了吧！”马小哈兴奋得脸色绯红。

我们陷入沉思。20多年以后的祖国，无限美好的未来，太令人神往了。为了这一天的到来，我们可不能荒废大好时光呀。

“好好干吧！”这是马小哈临别时说的，我一直记着呢。